AF547574

GRöLS
Verlage

„BÜCHER SIND WIE FALLSCHIRME. SIE NÜTZEN UNS NICHTS, WENN WIR SIE NICHT ÖFFNEN."

Gröls Verlag

Redaktionelle Hinweise und Impressum

Das vorliegende Werk wurde zugunsten der Authentizität sehr zurückhaltend bearbeitet. So wurden etwa ursprüngliche Rechtschreibfehler *nicht* systematisch behoben, denn kleine Unvollkommenheiten machen das Buch – wie im Übrigen den Menschen – erst authentisch. Mitunter wurden jedoch zum Beispiel Absätze behutsam neu getrennt, um den Lesefluss zu erleichtern.

Um die Texte zu rekonstruieren, werden antiquarische Bücher von Lesegeräten gescannt und dann durch eine Software lesbar gemacht. Der so entstandene Text wird von Menschen gegengelesen und korrigiert – hierbei treten auch Fehler auf. Wenn Sie ebenfalls antiquarische Texte einreichen möchten, finden Sie weitere Informationen auf www.groels.de

Viel Freude bei der Lektüre wünscht Ihnen das Team des Gröls-Verlags.

Adressen

Verleger: Sophia Gröls, Im Borngrund 26, 61440 Oberursel

Externer Dienstleister für Distribution & Herstellung: BoD, In de Tarpen 42, 22848 Norderstedt

Unsere „Edition | Werke der Weltliteratur“ hat den Anspruch, eine der größten und vollständigsten Sammlungen klassischer Literatur in deutscher Sprache zu sein. Nach und nach versammeln wir hier nicht nur die „üblichen Verdächtigen“ von Goethe bis Schiller, sondern auch Kleinode der vergangenen Jahrhunderte, die – zu Unrecht – drohen, in Vergessenheit zu geraten. Wir kultivieren und kuratieren damit einen der wertvollsten Bereiche der abendländischen Kultur. Kleine Auswahl:

Francis Bacon • Neues Organon • **Balzac** • Glanz und Elend der Kurtisanen • **Joachim H. Campe** • Robinson der Jüngere • **Dante Alighieri** • Die Göttliche Komödie • **Daniel Defoe** • Robinson Crusoe • **Charles Dickens** • Oliver Twist • **Denis Diderot** • Jacques der Fatalist • **Fjodor Dostojewski** • Schuld und Sühne • **Arthur Conan Doyle** • Der Hund von Baskerville • **Marie von Ebner-Eschenbach** • Das Gemeindekind • **Elisabeth von Österreich** • Das Poetische Tagebuch • **Friedrich Engels** • Die Lage der arbeitenden Klasse • **Ludwig Feuerbach** • Das Wesen des Christentums • **Johann G. Fichte** • Reden an die deutsche Nation • **Fitzgerald** • Zärtlich ist die Nacht • **Flaubert** • Madame Bovary • **Gorch Fock** • Seefahrt ist not! • **Theodor Fontane** • Effi Briest • **Robert Musil** • Über die Dummheit • **Edgar Wallace** • Der Frosch mit der Maske • **Jakob Wassermann** • Der Fall Maurizius • **Oscar Wilde** • Das Bildnis des Dorian Grey • **Émile Zola** • Germinal • **Stefan Zweig** • Schachnovelle • **Hugo von Hofmannsthal** • Der Tor und der Tod • **Anton Tschechow** • Ein Heiratsantrag • **Arthur Schnitzler** • Reigen • **Friedrich Schiller** • Kabale und Liebe • **Nicolo Machiavelli** • Der Fürst • **Gotthold E. Lessing** • Nathan der Weise • **Augustinus** • Die Bekenntnisse des heiligen Augustinus • **Marcus Aurelius** • Selbstbetrachtungen • **Charles Baudelaire** • Die Blumen des Bösen • **Harriett Stowe** • Onkel Toms Hütte • **Walter Benjamin** • Deutsche Menschen • **Hugo Bettauer** • Die Stadt ohne Juden • **Lewis Caroll** • *und viele mehr….*

Theodor Storm

Pole Poppenspäler

Novelle (1874)

Ich hatte in meiner Jugend einige Fertigkeit im Drechseln und beschäftigte mich sogar wohl etwas mehr damit, als meinen gelehrten Studien zuträglich war; wenigstens geschah es, daß mich eines Tags der Subrektor bei Rückgabe eines nicht eben fehlerlosen Exerzitiums seltsamerweise fragte, ob ich vielleicht wieder eine Nähschraube zu meiner Schwester Geburtstag gedrechselt hätte. Solch kleine Nachteile wurden indessen mehr als aufgewogen durch die Bekanntschaft mit einem trefflichen Manne, die mir infolge jener Beschäftigung zuteil wurde. Dieser Mann war der Kunstdrechsler und Mechanikus Paul Paulsen, auch deputierter Bürger unserer Stadt. Auf die Bitte meines Vaters, der für alles, was er mich unternehmen sah, eine gewisse Gründlichkeit forderte, verstand er sich dazu, mir die für meine kleinen Arbeiten erforderlichen Handgriffe beizubringen.

Paulsen besaß mannigfache Kenntnisse und war dabei nicht nur von anerkannter Tüchtigkeit in seinem eignen Handwerk, sondern er hatte auch eine Einsicht in die künftige Entwicklung der Gewerke überhaupt, so daß bei manchem, was jetzt als neue Wahrheit verkündigt wird, mir plötzlich einfällt: das hat dein alter Paulsen ja schon vor vierzig Jahren gesagt. – Es gelang mir bald, seine Zuneigung zu erwerben, und er sah es gern, wenn ich noch außer den festgesetzten Stunden am Feierabend einmal zu ihm kam. Dann saßen wir entweder in der Werkstätte oder sommers – denn unser Verkehr hat jahrelang gedauert – auf der Bank unter der großen Linde seines Gärtchens. In den Gesprächen, die wir dabei führten, oder vielmehr, welche mein älterer Freund dabei mit mir führte, lernte ich Dinge kennen und auf Dinge meine Gedanken richten, von denen, so wichtig sie im Leben sind, ich später selbst in meinen Primaner-Schulbüchern keine Spur gefunden habe.

Paulsen war seiner Abkunft nach ein Friese und der Charakter dieses Volksstammes aufs schönste in seinem Antlitz ausgeprägt; unter dem schlichten blonden Haar die denkende Stirn und die blauen sinnenden Augen; dabei hatte, vom Vater ererbt, seine Stimme noch etwas von dem weichen Gesang seiner Heimatsprache.

Die Frau dieses nordischen Mannes war braun und von zartem Gliederbau, ihre Sprache von unverkennbar süddeutschem Klange. Meine Mutter pflegte von ihr zu sagen, ihre schwarzen Augen könnten einen See ausbrennen, in ihrer Jugend aber sei sie von seltener Anmut gewesen. – Trotz der silbernen Fädchen, die schon ihr Haar durchzogen, war auch jetzt die Lieblichkeit dieser Züge noch nicht verschwunden, und das der Jugend angeborene Gefühl für Schönheit veranlaßte mich bald, ihr, wo ich immer konnte, mit kleinen Diensten und Gefälligkeiten an die Hand zu gehen.

„Da schau mir nur das Buberl“, sagte sie dann wohl zu ihrem Mann; „Wirst doch nit eifersüchtig werden, Paul?“

Dann lächelte Paul. Und aus ihren Scherzworten und aus seinem Lächeln sprach das Bewußtsein innigsten Zusammengehörens.

Sie hatten außer einem Sohne, der damals in der Fremde war, keine Kinder, und vielleicht war ich den beiden zum Teil deshalb so willkommen, zumal Frau Paulsen mir wiederholt versicherte, ich habe grad ein so lustigs Naserl wie ihr Joseph. Nicht verschweigen will ich, daß letztere auch eine mir sehr zusagende, in unserer Stadt aber sonst gänzlich unbekannte Mehlspeise zu bereiten verstand und auch nicht unterließ, mich dann und wann zu Gast zu bitten. – So waren denn dort der Anziehungskräfte für mich genug. Von meinem Vater aber wurde mein Verkehr in dem tüchtigen Bürgerhause gern gesehen. „Sorge nur, daß du nicht lästig fällst!“ war das einzige, woran er in dieser Beziehung zuweilen mich erinnerte. Ich glaube indessen nicht, daß ich meinen Freunden je zu oft gekommen bin.

Da geschah es eines Tages, daß in meinem elterlichen Hause einem alten Herrn aus unserer Stadt das neueste und wirklich ziemlich gelungene Werk meiner Hände vorgezeigt wurde.

Als dieser seine Bewunderung zu erkennen gab, bemerkte mein Vater dagegen, daß ich ja aber auch schon seit fast einem Jahr bei Meister Paulsen in der Lehre sei.

„So, so“, erwiderte der alte Herr; „bei Pole Poppenspäler!“

Ich hatte nie gehört, daß mein Freund einen solchen Beinamen führe, und fragte, vielleicht ein wenig naseweis, was das bedeuten solle.

Aber der alte Herr lächelte nur ganz hinterhältig und wollte keine weitere Auskunft geben. –

Zum kommenden Sonntag war ich von den Paulsenschen Eheleuten auf den Abend eingeladen, um ihnen ihren Hochzeitstag feiern zu helfen. Es war im Spätsommer, und da ich mich frühzeitig auf den Weg gemacht und die Hausfrau noch in der Küche zu wirtschaften hatte, so ging Paulsen mit mir in den Garten, wo wir uns zusammen unter der großen Linde auf die Bank setzten. Mir war das „Pole Poppenspäler" wieder eingefallen, und es ging mir so im Kopf herum, daß ich kaum auf seine Reden Antwort gab; endlich, da er mich fast ein wenig ernst wegen meiner Zerstreutheit zurechtgewiesen hatte, fragte ich ihn gradezu, was jener Beiname zu bedeuten habe.

Er wurde sehr zornig. „Wer hat dich das dumme Wort gelehrt?" rief er, indem er von seinem Sitze aufsprang. Aber bevor ich noch zu antworten vermochte, saß er schon wieder neben mir. „Laß, laß!“ sagte er, sich besinnend, „es bedeutet ja eigentlich das Beste, was das Leben mir gegeben hat. – Ich will es dir erzählen; wir haben wohl noch Zeit dazu.“ –

In diesem Haus und Garten bin ich aufgewachsen, meine braven Eltern wohnten hier, und hoffentlich wird einst mein Sohn hier wohnen! – Daß ich ein Knabe war, ist nun schon lange her; aber gewisse Dinge aus jener Zeit stehen noch, wie mit farbigem Stift gezeichnet, vor meinen Augen.

Neben unserer Haustür stand damals eine kleine weiße Bank mit grünen Stäben in den Rück- und Seitenlehnen, von der man nach der einen Seite die lange Straße hinab bis an die Kirche, nach der andern aus der Stadt hinaus bis in die Felder sehen konnte. An Sommerabenden saßen meine Eltern hier, der Ruhe nach der Arbeit pflegend; in den Stunden vorher aber pflegte ich sie in Beschlag zu nehmen und hier in der freien Luft und unter erquickendem Ausblick nach Ost und West meine Schularbeiten anzufertigen.

So saß ich auch eines Nachmittags – ich weiß noch gar wohl, es war im September, eben nach unserem Michaelis-Jahrmarkte – und schrieb für den Rechenmeister meine

Algebra-Exempel auf die Tafel, als ich unten von der Straße ein seltsames Gefährt heraufkommen sah. Es war ein zweirädriger Karren, der von einem kleinen rauhen Pferde gezogen wurde. Zwischen zwei ziemlich hohen Kisten, mit denen er beladen war, saß eine große blonde Frau mit steifen hölzernen Gesichtszügen und ein etwa neunjähriges Mädchen, das sein schwarzhaariges Köpfchen lebhaft von einer Seite nach der andern drehte; nebenher ging, den Zügel in der Hand, ein kleiner, lustig blickender Mann, dem unter seiner grünen Schirmmütze die kurzen schwarzen Haare wie Spieße vom Kopfe abstanden.

So, unter dem Gebimmel eines Glöckchens, das unter dem Halse des Pferdes hing, kamen sie heran. Als sie die Straße vor unserem Hause erreicht hatten, machte der Karren halt. „Du Bub“, rief die Frau zu mir herüber, „wo ist denn die Schneiderherberg?“

Mein Griffel hatte schon lange geruht; nun sprang ich eilfertig auf und trat an den Wagen. „Ihr seid grad davor“, sagte ich und wies auf das alte Haus mit der viereckig geschorenen Linde, das, wie du weißt, noch jetzt hier gegenüber liegt.

Das feine Dirnchen war zwischen den Kisten aufgestanden, streckte das Köpfchen aus der Kapuze ihres verschossenen Mäntelchens und sah mit ihren großen Augen auf mich herab; der Mann aber, mit einem „Sitz ruhig, Diendl!“ und „Schönen Dank, Bub!“ peitschte auf den kleinen Gaul und fuhr vor die Tür des bezeichneten Hauses, aus dem auch schon der dicke Herbergsvater in seiner grünen Schürze ihm entgegentrat.

Daß die Ankömmlinge nicht zu den zunftberechtigten Gästen des Hauses gehörten, mußte mir freilich klar sein; aber es pflegten dort – was mir jetzt, wenn ich es bedenke, mit der Reputation des wohlehrsamen Handwerks sich keineswegs reimen will – auch andere, mir viel angenehmere Leute einzukehren. Droben im zweiten Stock, wo noch heute statt der Fenster nur einfache Holzluken auf die Straße gehen, war das hergebrachte Quartier aller fahrenden Musikanten, Seiltänzer oder Tierbändiger, welche in unserer Stadt ihre Kunst zum besten gaben.

Und richtig, als ich am andern Morgen oben in meiner Kammer vor dem Fenster stand und meinen Schulsack schnürte, wurde drüben eine der Luken aufgestoßen; der kleine Mann mit den schwarzen Haarspießen steckte seinen Kopf ins Freie und dehnte sich mit beiden Armen in die frische Luft hinaus; dann wandte er den Kopf hinter sich nach dem dunkeln Raum zurück, und ich hörte ihn „Lisei! Lisei!" rufen. – Da drängte sich unter seinem Arm ein rosiges Gesichtlein vor, um das wie eine Mähne das schwarze Haar herabfiel. Der Vater wies mit dem Finger nach mir herüber, lachte und zupfte sie ein paarmal an ihren seidenen Strähnen. Was er zu ihr sprach, habe ich nicht verstehen können; aber es mag wohl ungefähr gelautet haben. „Schau dir ihn an, Lisei! Kennst ihn noch, den Bubn von gestern? – Der arme Narr, da muß er nun gleich mit dem Ranzen in die Schule traben! – Was du für ein glückliches Diendl bist, die du allweg nur mit unserem Braunen landab, landauf zu fahren brauchst!" – Wenigstens sah die Kleine ganz mitleidig zu mir herüber, und als ich es wagte, ihr freundlich zuzunicken, nickte sie sehr ernsthaft wieder.

Bald aber zog der Vater seinen Kopf zurück und verschwand im Hintergrund seines Bodenraumes. Statt seiner trat jetzt die große blonde Frau zu dem Kinde; sie bemächtigte sich ihres Kopfes und begann ihr das Haar zu strählen. Das Geschäft schien schweigend vollzogen zu werden, und das Lisei durfte offenbar nicht mucksen, obgleich es mehrmals, wenn ihr der Kamm so in den Nacken hinabfuhr, die eckigsten Figuren mit ihrem roten Mäulchen bildete. Nur einmal hob sie den Arm und ließ ein langes Haar über die Linde draußen in die Morgenluft hinausfliegen. Ich konnte von meinem Fenster aus es glänzen sehen; denn die Sonne war eben durch den Herbstnebel gedrungen und schien drüben auf den oberen Teil des Herbergshauses.

Auch in den vorhin undurchdringlich dunkeln Bodenraum konnte ich jetzt hineinsehen. Ganz deutlich erblickte ich in einem dämmerigen Winkel den Mann an einem Tische sitzen; in seiner Hand blinkte etwas wie Gold oder Silber; dann wieder war's wie ein Gesicht mit einer ungeheueren Nase; aber sosehr ich meine Augen anstrengte, ich vermochte nicht klug daraus zu werden.

Plötzlich hörte ich, als wenn etwas Hölzernes in einen Kasten geworfen würde, und nun stand der Mann auf und lehnte aus einer zweiten Luke sich wieder auf die Straße hinaus.

Die Frau hatte indessen der kleinen schwarzen Dirne ein verschossenes rotes Kleidchen angezogen und ihr die Haarflechten wie einen Kranz um das runde Köpfchen gelegt.

Ich sah noch immer hinüber. „Einmal“ dachte ich, „könnte sie doch wieder nicken.“

– – „Paul, Paul!“ hörte ich plötzlich unten aus unserem Hause die Stimme meiner Mutter rufen.

„Ja, ja, Mutter!“

Es war mir ordentlich wie ein Schrecken in die Glieder geschlagen.

„Nun“, rief sie wieder, „der Rechenmeister wird dir schön die Zeit verdeutschen! Weißt du denn nicht, daß es lang schon sieben geschlagen hat?“

Wie rasch polterte ich die Treppe hinunter!

Aber ich hatte Glück; der Rechenmeister war grad dabei, seine Bergamotten abzunehmen, und die halbe Schule befand sich in seinem Garten, um mit Händen und Mäulern ihm dabei zu helfen. Erst um neun Uhr saßen wir alle mit heißen Backen und lustigen Gesichtern an Tafel und Rechenbuch auf unseren Bänken.

Als ich um elf, die Taschen noch von Birnen starrend, aus dem Schulhofe trat, kam eben der dicke Stadtausrufer die Straße herauf. Er schlug mit dem Schlüssel an sein blankes Messingbecken und rief mit seiner Bierstimme:

„Der Mechanikus und Puppenspieler Herr Joseph Tendler aus der Residenzstadt München ist gestern hier angekommen und wird heute abend im Schützenhofsaale seine erste Vorstellung geben. Vorgestellt wird: Pfalzgraf Siegfried und die heilige Genoveva, Puppenspiel mit Gesang in vier Aufzügen."

Dann räusperte er sich und schritt würdevoll in der meinem Heimwege entgegengesetzten Richtung weiter. Ich folgte ihm von Straße zu Straße, um wieder und wieder die entzückende Verkündigung zu hören; denn niemals hatte ich eine

Komödie, geschweige denn ein Puppenspiel gesehen. – Als ich endlich umkehrte, sah ich ein rotes Kleidchen mir entgegenkommen; und wirklich, es war die kleine Puppenspielerin; trotz ihres verschossenen Anzugs schien sie mir von einem Märchenglanz umgeben.

Ich faßte mir ein Herz und redete sie an: „Willst du spazierengehen, Lisei?“

Sie sah mich mißtrauisch aus ihren schwarzen Augen an. „Spazieren?“ wiederholte sie gedehnt. „Ach du – du bist g'scheit!“

„Wohin willst du denn?“

– „Zum Ellenkramer will i!“

„Willst du dir ein neues Kleid kaufen?“ fragte ich tölpelhaft genug.

Sie lachte laut auf. „Geh! laß mi aus! – Nein; nur so Fetz'ln!“

„Fetz'ln, Lisei?“

– „Freili! Halt nur so Resteln zu G'wandl für die Pupp'n; 's kost't immer nit viel!“

Ein glücklicher Gedanke fuhr mir durch den Kopf. Ein alter Onkel von mir hatte damals am Markte hier eine Ellenwarenhandlung, und sein alter Ladendiener war mein guter Freund. „Komm mit mir“, sagte ich kühn, „es soll dir gar nichts kosten, Lisei!“

„Meinst?“ fragte sie noch; dann liefen wir beide nach dem Markt und in das Haus des Onkels. Der alte Gabriel stand wie immer in seinem pfeffer- und salzfarbenen Rock hinter dem Ladentisch, und als ich ihm unser Anliegen deutlich gemacht hatte, kramte er gutmütig einen Haufen „Rester“ auf den Tisch zusammen.

„Schau, das hübsch Brinnrot!“ sagte Lisei und nickte begehrlich nach einem Stückchen französischen Kattuns hinüber.

„Kannst es brauchen?“ fragte Gabriel. – Ob sie es brauchen konnte! Der Ritter Siegfried sollte ja auf den Abend noch eine neue Weste geschneidert bekommen.

„Aber da gehören auch die Tressen noch dazu“, sagte der Alte und brachte allerlei Endchen Gold- und Silberflitter. Bald kamen noch grüne und gelbe Seidenläppchen und Bänder, endlich ein ziemlich großes Stück braunen Plüsches. „Nimm's nur, Kind!“ sagte Gabriel. „Das gibt ein Tierfell für euere Genoveva, wenn das alte vielleicht verschossen wäre!“ Dann packte er die ganze Herrlichkeit zusammen und legte sie der Kleinen in den Arm.

„Und es kost't nix?“ fragte sie beklommen.

Nein, es kostete nichts. Ihre Augen leuchteten. „Schön' Dank, guter Mann! Ach, wird der Vater schauen!“

Hand in Hand, Lisei mit ihrem Päckchen unter dem Arm, verließen wir den Laden; als wir aber in die Nähe unserer Wohnung kamen, ließ sie mich los und rannte über die Straße nach der Schneiderherberge, daß ihr die schwarzen Flechten in den Nacken flogen.

– – Nach dem Mittagessen stand ich vor unserer Haustür und erwog unter Herzklopfen das Wagnis, schon heute zur ersten Vorstellung meinen Vater um das Eintrittsgeld anzugehen; ich war ja mit der Galerie zufrieden, und sie sollte für uns Jungens nur einen Doppeltschilling kosten. Da, bevor ich's noch bei mir ins reine gebracht hatte, kam das Lisei über die Straße zu mir hergeflogen. „Der Vater schickt's!“ sagte sie, und eh ich mich's versah, war sie wieder fort; aber in meiner Hand hielt ich eine rote Karte, darauf stand mit großen Buchstaben: Erster Platz.

Als ich aufblickte, winkte auch von drüben der kleine schwarze Mann mit beiden Armen aus der Bodenluke zu mir herüber. Ich nickte ihm zu; was mußten das für nette Leute sein, diese Puppenspieler! „Also heute abend“, sagte ich zu mir selber, „heute abend und – Erster Platz!“

– – Du kennst unsern Schützenhof in der Süderstraße; auf der Haustür sah man damals noch einen schön gemalten Schützen in Lebensgröße, mit Federhut und Büchse; im übrigen war aber der alte Kasten damals noch baufälliger, als er heute ist. Die Gesellschaft war bis auf drei Mitglieder herabgesunken; die vor Jahrhunderten von den alten Landesherzögen geschenkten silbernen Pokale, Pulverhörner und Ehrenketten waren nach und nach verschleudert; den großen Garten, der, wie du weißt, auf den Bürgersteig hinausläuft, hatte man zur Schaf- und Ziegengräsung verpachtet. Das alte zweistöckige Haus wurde von niemandem weder bewohnt noch gebraucht; windrissig und verfallen stand es da zwischen den munteren Nachbarhäusern; nur in dem öden weißgekalkten Saale, der fast das ganze obere Stockwerk einnahm, produzierten mitunter starke Männer oder durchreisende Taschenspieler ihre Künste. Dann wurde unten die große Haustür mit dem gemalten Schützenbruder knarrend aufgeschlossen.

– – Langsam war es Abend geworden; und – das Ende trug die Last, denn mein Vater wollte mich erst fünf Minuten vor dem angesetzten Glockenschlage laufen lassen; er meinte, eine Übung in der Geduld sei sehr vonnöten, damit ich im Theater stillesitze.

Endlich war ich an Ort und Stelle. Die große Tür stand offen, und allerlei Leute wanderten hinein; denn derzeit ging man noch gern zu solchen Vergnügungen; nach Hamburg war eine weite Reise, und nur wenige hatten sich die kleinen Dinge zu Hause durch die dort zu schauenden Herrlichkeiten leid machen können. – Als ich die eichene Wendeltreppe hinaufgestiegen war, fand ich Liseis Mutter am Eingange des Saales an der Kasse sitzen. Ich näherte mich ihr ganz vertraulich und dachte, sie würde mich so recht als einen alten

Bekannten begrüßen; aber sie saß stumm und starr und nahm mir meine Karte ab, als wenn ich nicht die geringste Beziehung zu ihrer Familie hätte. – Etwas gedemütigt trat ich in den Saal; der kommenden Dinge harrend, plauderte alles mit halber Stimme durcheinander; dazu fiedelte unser Stadtmusikus mit drei seiner Gesellen. Das erste, worauf meine Augen fielen, war in der Tiefe des Saales ein roter Vorhang oberhalb der Musikantenplätze. Die Malerei in der Mitte desselben stellte zwei lange Trompeten vor, die kreuzweise über einer goldenen Leier lagen; und, was mir damals sehr sonderbar erschien, an dem Mundstück einer jeden hing, wie mit den leeren Augen daraufgeschoben, hier eine finster, dort eine lachend ausgeprägte Maske. – Die drei vordersten Plätze waren schon besetzt; ich drängte mich in die vierte Bank, wo ich einen Schulkameraden bemerkt hatte, der dort neben seinen Eltern saß. Hinter uns bauten sich die Plätze schräg ansteigend in die Höhe, so daß der letzte, die sogenannte Galerie, welche nur zum Stehen war, sich fast mannshoch über dem Fußboden befinden mochte. Auch dort schien es wohlgefüllt zu sein; genau vermochte ich es nicht zu sehen, denn die wenigen Talglichter, welche in

Blechlampetten an den beiden Seitenwänden brannten, verbreiteten nur eine schwache Helligkeit; auch dunkelte die schwere Balkendecke des Saales. Mein Nachbar wollte mir eine Schulgeschichte erzählen; ich begriff nicht, wie er an so etwas denken konnte, ich schaute nur auf den Vorhang, der von den Lampen des Podiums und der Musikantenpulte feierlich beleuchtet war. Und jetzt ging ein Wehen über seine Fläche, die geheimnisvolle Welt hinter ihm begann sich schon zu regen; noch einen Augenblick, da erscholl das Läuten eines Glöckchens, und während unter den Zuschauern das summende Geplauder wie mit einem Schlage verstummte, flog der Vorhang in die Höhe. – Ein Blick auf die Bühne versetzte mich um tausend Jahre rückwärts. Ich sah in einen mittelalterlichen Burghof mit Turm und Zugbrücke; zwei kleine ellenlange Leute standen in der Mitte und redeten lebhaft miteinander. Der eine mit dem schwarzen Barte, dem silbernen Federhelm und dem goldgestickten Mantel über dem roten Unterkleide war der Pfalzgraf Siegfried; er wollte gegen die heidnischen Mohren in den Krieg reiten und befahl seinem jungen Hausmeister Golo, der in blauem silbergesticktem Wamse neben ihm stand, zum Schutze der

Pfalzgräfin Genoveva in der Burg zurückzubleiben. Der treulose Golo aber tat gewaltig wild, daß er seinen guten Herrn so allein in das grimme Schwerterspiel sollte reiten lassen. Sie drehten bei diesen Wechselreden die Köpfe hin und her und fochten heftig und ruckweise mit den Armen. – Da tönten kleine langgezogene Trompetentöne von draußen hinter der Zugbrücke, und zugleich kam auch die schöne Genoveva in himmelblauem Schleppkleide hinter dem Turm hervorgestürzt und schlug beide Arme über des Gemahls Schultern: „Oh, mein herzallerliebster Siegfried, wenn dich die grausamen Heiden nur nicht massakrieren!" Aber es half ihr nichts; noch einmal ertönten die Trompeten, und der Graf schritt steif und würdevoll über die Zugbrücke aus dem Hofe; man hörte deutlich draußen den Abzug des gewappneten Trupps. Der böse Golo war jetzt Herr der Burg. –

Und nun spielte das Stück sich weiter, wie es in deinem Lesebuch gedruckt steht. – Ich war auf meiner Bank ganz wie verzaubert; diese seltsamen Bewegungen, diese feinen oder schnurrenden Puppenstimmchen, die denn doch wirklich aus ihrem Munde kamen – es war ein unheimliches Leben in diesen kleinen Figuren, das gleichwohl meine Augen wie magnetisch auf sich zog.

Im zweiten Aufzuge aber sollte es noch besser kommen. – Da war unter den Dienern auf der Burg einer im gelben Nankinganzug, der hieß Kasperl. Wenn dieser Bursche nicht lebendig war, so war noch niemals etwas lebendig gewesen; er machte die ungeheuersten Witze, so daß der ganze Saal vor Lachen bebte; in seiner Nase, die so groß wie eine Wurst war, mußte er jedenfalls ein Gelenk haben; denn wenn er so sein dumm-pfiffiges Lachen herausschüttelte, so schlenkerte der Nasenzipfel hin und her, als wenn auch er sich vor Lustigkeit nicht zu lassen wüßte; dabei riß der Kerl seinen großen Mund auf und knackte, wie eine alte Eule, mit den Kinnbacksknochen. „Pardauz!" schrie es; so kam er immer auf die Bühne gesprungen; dann stellte er sich hin und sprach erst bloß mit seinem großen Daumen; den konnte er so ausdrucksvoll hin und wider drehen, daß es ordentlich ging wie „Hier nix und da nix! Kriegst du nix, so hast du nix!" Und dann sein Schielen; – das war so verführerisch, daß im Augenblick dem ganzen Publikum die Augen verquer im Kopfe standen. Ich war ganz vernarrt in den lieben Kerl!

Endlich war das Spiel zu Ende, und ich saß wieder zu Hause in unserer Wohnstube und verzehrte schweigend das Aufgebratene, das meine gute Mutter mir warm gestellt hatte. Mein Vater saß im Lehnstuhl und rauchte seine Abendpfeife. „Nun, Junge", rief er, „waren sie lebendig?"

„Ich weiß nicht, Vater", sagte ich und arbeitete weiter in meiner Schüssel; mir war noch ganz verwirrt zu Sinne.

Er sah mir eine Weile mit seinem klugen Lächeln zu. „Höre, Paul", sagte er dann, „du darfst nicht zu oft in diesen Puppenkasten; die Dinger könnten dir am Ende in die Schule nachlaufen."

Mein Vater hatte nicht unrecht. Die Algebraaufgaben gerieten mir in den beiden nächsten Tagen so mäßig, daß der Rechenmeister mich von meinem ersten Platz herabzusetzen drohte. – Wenn ich in meinem Kopfe rechnen wollte: „a + b gleich x = c", so hörte ich statt dessen vor meinen Ohren die feine Vogelstimme der schönen Genoveva: „Ach, mein herzallerliebster Siegfried, wenn dich die bösen Heiden nur nicht massakrieren!" Einmal – aber es hat niemand gesehen – schrieb ich sogar „x + Genoveva" auf die Tafel. – Des Nachts in meiner Schlafkammer rief es einmal ganz laut „Pardauz“, und mit einem Satz kam der liebe Kasperl in seinem Nankinganzug zu mir ins Bett gesprungen, stemmte seine Arme zu beiden Seiten meines Kopfes in das Kissen und rief, grinsend auf mich herabnickend: „Ach, du liebs Brüderl! Ach, du hertausig liebs Brüderl!“ Dabei hackte er mir mit seiner langen roten Nase in die meine, daß ich davon erwachte. Da sah ich denn freilich, daß es nur ein Traum gewesen war.

Ich verschloß das alles in meinem Herzen und wagte zu Hause kaum den Mund aufzutun von der Puppenkomödie. Als aber am nächsten Sonntag der Ausrufer wieder durch die Straßen ging, an sein Becken schlug und laut verkündigte: „Heute abend auf dem Schützenhof: Doktor Fausts Höllenfahrt, Puppenspiel in vier Aufzügen!“ – da war es doch nicht länger auszuhalten. Wie die Katze um den heißen Brei, so schlich ich um meinen Vater herum, und endlich hatte er meinen stummen Blick verstanden. – „Pole“, sagte er, „es könnte dir ein Tropfen Blut vom Herzen gehen; vielleicht ist's die beste Kur, dich einmal gründlich satt zu machen.“ Damit langte er in die Westentasche und gab mir einen Doppeltschilling.

Ich rannte sofort aus dem Hause; erst auf der Straße wurde es mir klar, daß ja noch acht lange Stunden bis zum Anfang der Komödie abzuleben waren. So lief ich denn hinter den Gärten auf den Bürgersteig. Als ich an den offenen Grasgarten des Schützenhofs gekommen war, zog es mich unwillkürlich hinein; vielleicht, daß gar einige Puppen dort oben aus den Fenstern guckten; denn die Bühne lag ja an der Rückseite des Hauses. Aber ich mußte dann erst durch den oberen Teil des Gartens, der mit Linden- und Kastanienbäumen dicht bestanden war. Mir wurde etwas zag zumute; ich wagte doch nicht weiter vorzudringen. Plötzlich erhielt ich von einem großen, hier angepflockten Ziegenbock einen Stoß in den Rücken, daß ich um zwanzig Schritte weiter flog. Das half; als ich mich umsah, stand ich schon unter den Bäumen.

Es war ein trüber Herbsttag; einzelne gelbe Blätter sanken schon zur Erde; über mir in der Luft schrien ein paar Strandvögel, die ans Haff hinausflogen; kein Mensch war zu sehen noch zu hören. Langsam schritt ich durch das Unkraut, das auf den Steigen wucherte, bis ich einen schmalen Steinhof erreicht hatte, der den Garten von dem Hause trennte. – Richtig! Dort von oben schauten zwei große Fenster in den

Hof herab; aber hinter den kleinen in Blei gefaßten Scheiben war es schwarz und leer, keine Puppe war zu sehen. Ich stand eine Weile, mir wurde ganz unheimlich in der mich rings umgebenden Stille.

Da sah ich, wie unten die schwere Hoftür von innen eine Handbreit geöffnet wurde, und zugleich lugte auch ein schwarzes Köpfchen daraus hervor.

„Lisei!“ rief ich.

Sie sah mich groß mit ihren dunklen Augen an. „B'hüt Gott!“ sagte sie, „hab i doch nit gewußt, was da außa rumkraxln tät! Wo kommst denn du daher?“

„Ich? – Ich geh spazieren, Lisei! – Aber sag mir, spielt ihr denn schon jetzt Komödie?“

Sie schüttelte lachend den Kopf.

„Aber, was machst du denn hier?“ fragte ich weiter, indem ich über den Steinhof zu ihr trat.

„I wart auf den Vater“, sagte sie, „er ist ins Quartier, um Band und Nagel zu holen, er macht's halt firti für heut abend.“

„Bist du denn ganz allein hier, Lisei?“

– „O nei; du bist ja aa no da!“

„Ich meine“, sagte ich, „ob nicht deine Mutter oben auf dem Saal ist?“

Nein, die Mutter saß in der Herberge und besserte die Puppenkleider aus; das Lisei war hier ganz allein.

„Hör“, begann ich wieder, „du könntest mir einen Gefallen tun; es ist unter eueren Puppen einer, der heißt Kasperl; den möcht ich gar zu gern einmal in der Nähe sehen.“

„Den Wurstl meinst?“ sagte Lisei und schien sich eine Weile zu bedenken. „Nu, es ging scho; aber g'schwind mußt sein, eh denn der Vater wieder da ist!“

Mit diesen Worten waren wir schon ins Haus getreten und liefen eilig die steile Wendeltreppe hinauf. – Es war fast dunkel in dem großen Saale; denn die Fenster, welche sämtlich nach dem Hofe hinaus lagen, waren von der Bühne verdeckt; nur einzelne Lichtstreifen fielen durch die Spalten des Vorhangs.

„Komm!“ sagte Lisei und hob seitwärts an der Wand die dort aus einem Teppich bestehende Verkleidung in die Höhe; wir schlüpften hindurch, und da stand ich in dem Wundertempel. – Aber von der Rückseite betrachtet und hier in der Tageshelle sah er ziemlich kläglich aus; ein Gerüst aus Latten und Brettern, worüber einige buntbekleckste Leinwandstücke hingen; das war der Schauplatz, auf welchem das Leben der heiligen Genoveva so täuschend an mir vorübergegangen war.

Doch ich hatte mich zu früh beklagt; dort, an einem Eisendrahte, der von einer Kulisse nach der Wand hinübergespannt war, sah ich zwei der wunderbaren Puppen schweben; aber sie hingen mit dem Rücken gegen mich, so daß ich sie nicht erkennen konnte.

„Wo sind die andern, Lisei?“ fragte ich; denn ich hätte gern die ganze Gesellschaft auf einmal mir besehen.

„Hier im Kast'l“, sagte Lisei und klopfte mit ihrer kleinen Faust auf eine im Winkel stehende Kiste; „die zwei da sind schon zug'richt; aber geh nur her dazu und schau's dir a; er is scho dabei, dei Freund, der Kasperl!“

Und wirklich, er war es selber. „Spielt denn der heute abend auch wieder mit?“ fragte ich.

„Freili, der is allimal dabei!“

Mit untergeschlagenen Armen stand ich und betrachtete meinen lieben lustigen Allerweltskerl. Da baumelte er, an sieben Schnüren aufgehängt; sein Kopf war vornübergesunken, daß seine großen Augen auf den Fußboden stierten und ihm die rote Nase wie ein breiter Schnabel auf der Brust lag. „Kasperle, Kasperle", sagte ich bei mir selber, „Wie hängst du da elendiglich." Da antwortete es ebenso: „Wart nur, liebs Brüderl, wart nur bis heut abend!" – War das auch nur so in meinen Gedanken, oder hatte Kasperl selbst zu mir gesprochen? –

Ich sah mich um. Das Lisei war fort; sie war wohl vor die Haustür, um die Rückkehr ihres Vaters zu überwachen. – Da hörte ich sie eben noch von dem Ausgang des Saales rufen: „Daß d' mir aber nit an die Puppen rührst!" – – Ja – nun konnte ich es aber doch nicht lassen. Leise stieg ich auf eine neben mir stehende Bank und begann erst an der einen, dann an der andern Schnur zu ziehen; die Kinnladen fingen an zu klappen, die Arme hoben sich, und jetzt fing auch der wunderbare Daumen an, ruckweise hin und her zu schießen. Die Sache machte gar keine Schwierigkeit; ich hatte mir die Puppenspielerei doch kaum so leicht gedacht. – Aber die Arme bewegten sich nur nach vorn und hinten aus; und es war doch gewiß, daß Kasperle sie in dem neulichen Stück auch seitwärts ausgestreckt, ja, daß er sie sogar über dem Kopf zusammengeschlagen hatte! Ich zog an allen Drähten, ich versuchte mit der Hand die Arme abzubiegen; aber es wollte nicht gelingen. Auf einmal tat es einen leisen Krach im Innern der Figur. „Halt!“ dachte ich, „Hand vom Brett! Da hättst du können Unheil anrichten!“

Leise stieg ich wieder von meiner Bank herab, und zugleich hörte ich auch Lisei von außen in den Saal treten.

„G'schwind, g'schwind!“ rief sie und zog mich durch das Dunkel an die Wendeltreppe hinaus; „'s is eigentli nit recht“, fuhr sie fort, „daß i di eilass'n hab; aber, gel, du hast doch dei Gaudi g'habt!“

Ich dachte an den leisen Krach von vorhin. „Ach, es wird ja nichts gewesen sein!“ Mit dieser Selbsttröstung lief ich die Treppe hinab und durch die Hintertür ins Freie.

Soviel stand fest, der Kaspar war doch nur eine richtige Holzpuppe; aber das Lisei – was das für eine allerliebste Sprache führte! und wie freundlich sie mich gleich zu den Puppen mit hinaufgenommen hatte! – Freilich, und sie hatte es ja auch selbst gesagt, daß sie es so heimlich vor ihrem Vater getan, das war nicht völlig in der Ordnung. Unlieb – zu meiner Schande muß ich's gestehen – war diese Heimlichkeit mir grade nicht; im Gegenteil, die Sache bekam für mich dadurch noch einen würzigen Beigeschmack, und es muß ein recht selbstgefälliges Lächeln auf meinem Gesicht gestanden haben, als ich durch die Linden- und Kastanienbäume des Gartens wieder nach dem Bürgersteig hinabschlenderte.

Allein zwischen solchen schmeichelnden Gedanken hörte ich von Zeit zu Zeit vor meinem inneren Ohre immer jenen leisen Krach im Körper der Puppe; was ich auch vornahm, den ganzen Tag über konnte ich diesen jetzt aus meiner eigenen Seele herauftönenden unbequemen Laut nicht zum Schweigen bringen.

Es hatte sieben Uhr geschlagen; im Schützenhofe war heute, am Sonntagabend, alles besetzt; ich stand diesmal hinten, fünf Schuh hoch über dem Fußboden, auf dem Doppeltschillingsplatze. Die Talglichter brannten in den Blechlampetten, der Stadtmusikus und seine Gesellen fiedelten; der Vorhang rollte in die Höhe.

Ein hochgewölbtes gotisches Zimmer zeigte sich. Vor einem aufgeschlagenen Folianten saß im langen schwarzen Talar der Doktor Faust und klagte bitter, daß ihm all seine Gelehrsamkeit so wenig einbringe; keinen heilen Rock habe er mehr am Leibe, und vor Schulden wisse er sich nicht zu lassen; so wolle er denn jetzo mit der Hölle sich verbinden. – „Wer ruft nach mir?“ ertönte zu seiner Linken eine furchtbare Stimme von der Wölbung des Gemaches herab. – „Faust, Faust, folge nicht!“ kam eine andere, feine Stimme von der Rechten. – Aber Faust verschwor sich den höllischen Gewalten. – „Weh, weh deiner armen Seele!“ Wie ein seufzender Windeshauch klang es von der Stimme des Engels; von der Linken schallte eine gellende Lache durchs Gemach. – – Da klopfte es an die Tür. „Verzeihung, Euere Magnifizenz?“ Fausts Famulus Wagner war eingetreten. Er bat, ihm für die grobe Hausarbeit die Annahme eines Gehülfen zu gestatten, damit er sich besser aufs Studieren legen könne. „Es hat sich“, sagte er, „ein junger Mann bei mir gemeldet, welcher Kasperl heißt und gar fürtreffliche Qualitäten zu besitzen scheint.“ Faust nickte gnädig mit dem Kopfe und sagte. „Sehr wohl, lieber Wagner, diese Bitte sei Euch gewährt." Dann gingen beide miteinander fort. – –

„Pardauz!" rief es; und da war er. Mit einem Satz kam er auf die Bühne gesprungen, daß ihm das Felleisen auf dem Buckel hüpfte.

– – „Gott sei gelobt!" dachte ich; „er ist noch ganz gesund; er springt noch ebenso wie vorigen Sonntag in der Burg der schönen Genoveva!" Und seltsam, sosehr ich ihn am Vormittage in meinen Gedanken nur für eine schmähliche Holzpuppe erklärt hatte, mit seinem ersten Worte war der ganze Zauber wieder da.

Emsig spazierte er im Zimmer auf und ab. „Wenn mich jetzt mein Vater Papa sehen tät", rief er, „der würd sich was Rechts freuen. Immer pflegt er zu sagen: „Kasperl, mach, daß du dein Sach in Schwung bringst!" – Oh, jetzund hab ich's in Schwung; denn ich kann mein Sach haushoch werfen!" – Damit machte er Miene, sein Felleisen in die Höhe zu schleudern; und es flog auch wirklich, da es am Draht gezogen wurde, bis an die Deckenwölbung hinauf; aber – Kasperls Arme waren an seinem Leibe klebengeblieben; es ruckte und ruckte, aber sie kamen um keine Handbreit in die Höhe.

Kasperl sprach und tat nichts weiter. – Hinter der Bühne entstand eine Unruhe, man hörte leise, aber heftig sprechen, der Fortgang des Stückes war augenscheinlich unterbrochen.

Mir stand das Herz still; da hatten wir die Bescherung! Ich wäre gern fortgelaufen, aber ich schämte mich. Und wenn gar dem Lisei meinetwegen etwas geschähe!

Da begann Kasperl auf der Bühne plötzlich ein klägliches Geheule, wobei ihm Kopf und Arme schlaff herunterhingen, und der Famulus Wagner erschien wieder und fragte ihn, warum er denn so lamentiere.

„Ach, mei Zahnerl, mei Zahnerl!“ schrie Kasperl.

„Guter Freund“, sagte Wagner, „so laß Er sich einmal in das Maul sehen!“ – Als er ihn hierauf bei der großen Nase packte und ihm zwischen die Kinnladen hineinschaute, trat auch der Doktor Faust wieder in das Zimmer. – „Verzeihen Euere Magnifizenz“, sagte Wagner, „ich werde diesen jungen Mann in meinem Dienst nicht gebrauchen können; er muß sofort in das Lazarett geschafft werden!“

„Is das a Wirtshaus?“ fragte Kasperle.

„Nein, guter Freund“, erwiderte Wagner, „das ist ein Schlachthaus. Man wird Ihm dort einen Weisheitszahn aus der Haut schneiden, und dann wird er seiner Schmerzen ledig sein.“

„Ach, du liebs Hergottl“, jammerte Kasperl, „muß mi arms Viecherl so ein Unglück treffen! Ein Weisheitszahnerl, sagt Ihr, Herr Famulus? Das hat noch keiner in der Famili gehabt! Da geht's wohl auch mit meiner Kasperlschaft zu End?“

„Allerdings, mein Freund“, sagte Wagner; „eines Dieners mit Weisheitszähnen bin ich baß entraten; die Dinger sind nur für uns gelehrte Leute. Aber Er hat ja noch einen Bruderssohn, der sich auch bei mir zum Dienst gemeldet hat. Vielleicht“, und er wandte sich gegen den Doktor Faust, „erlauben Euere Magnifizenz!“

Der Doktor Faust machte eine würdige Drehung mit dem Kopfe.

„Tut, was Euch beliebt, mein lieber Wagner“, sagte er; „aber stört mich nicht weiter mit Eueren Lappalien in meinem Studium der Magie!“

– – „Heere, mei Gutester“, sagte ein Schneidergesell, der vor mir auf der Brüstung lehnte, zu seinem Nachbar, „das geheert ja nicht zum Stück, ich kenn's, ich hab es vor ä Weilchen erst in Seifersdorf gesehn.“ – Der andere aber sagte nur: „Halt's Maul, Leipziger!“ und gab ihm einen Rippenstoß.

– – Auf der Bühne war indessen Kasperle, der zweite, aufgetreten. Er hatte eine unverkennbare Ähnlichkeit mit seinem kranken Onkel, auch sprach er ganz genau wie dieser; nur fehlte ihm der bewegliche Daumen, und in seiner großen Nase schien er kein Gelenk zu haben.

Mir war ein Stein vom Herzen gefallen, als das Stück nun ruhig weiterspielte, und bald hatte ich alles um mich her vergessen. Der teuflische Mephistopheles erschien in einem feuerfarbenen Mantel, das Hörnchen vor der Stirn, und Faust unterzeichnete mit seinem Blute den höllischen Vertrag:

„Vierundzwanzig Jahre sollst du mir dienen; dann will ich dein sein mit Leib und Seele.“

Hierauf fuhren beide in des Teufels Zaubermantel durch die Luft davon. Für Kasperle kam eine ungeheuere Kröte mit Fledermausflügeln aus der Luft herab. „Auf dem höllischen

Sperling soll ich nach Parma reiten?“ rief er, und als das Ding wackelnd mit dem Kopfe nickte, stieg er auf und flog den beiden nach.

– – Ich hatte mich ganz hinten an die Wand gestellt, wo ich besser über alle die Köpfe vor mir hinwegsehen konnte. Und jetzt rollte der Vorhang zum letzten Aufzug in die Höhe.

Endlich ist die Frist verstrichen. Faust und Kasper sind beide wieder in ihrer Vaterstadt. Kasper ist Nachtwächter geworden; er geht durch die dunkeln Straßen und ruft die Stunden ab:

Hört, ihr Herrn, und laßt euch sagen,
Meine Frau hat mich geschlagen;
Hüt't euch vor dem Weiberrock!
Zwölf ist der Klock! Zwölf ist der Klock!

Von fern hört man eine Glocke Mitternacht schlagen. Da wankt Faust auf die Bühne; er versucht zu beten, aber nur Heulen und Zähneklappern tönt aus seinem Halse. Von oben ruft eine Donnerstimme:

Fauste, Fauste, in aeternum damnatus es!

Eben fuhren im Feuerregen drei schwarzhaarige Teufel herab, um sich des Armen zu bemächtigen, da fühlte ich eins der Bretter zu meinen Füßen sich verschieben. Als ich mich bückte, um es zurechtzubringen, glaubte ich aus dem dunkeln Raume unter mir ein Geräusch zu hören; ich horchte näher hin; es klang wie das Schluchzen einer Kinderstimme. – „Lisei!“ dachte ich „wenn es Lisei wäre!“ Wie ein Stein fiel meine ganze Untat mir wieder aufs Gewissen; was kümmerte mich jetzt der Doktor Faust und seine Höllenfahrt!

Unter heftigem Herzklopfen drängte ich mich durch die Zuschauer und ließ mich seitwärts an dem Brettergerüst herabgleiten. Rasch schlüpfte ich in den darunter befindlichen Raum, in welchem ich an der Wand entlang ganz aufrecht gehen konnte; aber es war fast dunkel, so daß ich mich an den überall untergestellten Latten und Balken stieß. „Lisei!“ rief ich. Das Schluchzen, das ich eben noch gehört hatte, wurde plötzlich still; aber dort in dem tiefsten Winkel sah ich etwas sich bewegen. Ich tastete mich weiter bis an das Ende des Raumes, und – da saß sie, zusammengekauert, das Köpfchen in den Schoß gedrückt.

Ich zupfte sie am Kleide. „Lisei!“ sagte ich leise, „bist du es? Was machst du hier?“

Sie antwortete nicht, sondern begann wieder vor sich hin zu schluchzen.

„Lisei“, fragte ich wieder, „was fehlt dir? So sprich doch nur ein einziges Wort!“

Sie hob den Kopf ein wenig. „Was soll i da red'n!“ sagte sie, „Du weißt's ja von selber, daß du den Wurstl hast verdreht.“

„Ja, Lisei“, antwortete ich kleinlaut; „ich glaub es selber, daß ich das getan habe.“

– „Ja, du! – Und i hab dir's doch g'sagt!“

„Lisei, was soll ich tun?“

– „Nu, halt nix!“

„Aber was soll denn daraus werden?“

– „Nu, halt aa nix!“ Sie begann wieder laut zu weinen. „Aber i – wenn i z'Haus komm – da krieg i die Peitsch'n!“

„Du die Peitsche, Lisei!“ – Ich fühlte mich ganz vernichtet. „Aber ist dein Vater denn so strenge?“

„Ach, mei guts Vaterl!“ schluchzte Lisei.

Also die Mutter! Oh, wie ich, außer mir selber, diese Frau haßte, die immer mit ihrem Holzgesichte an der Kasse saß!

Von der Bühne hörte ich Kasperl, den zweiten, rufen: „Das Stück ist aus! Komm, Gret'l, laß uns Kehraus tanzen!“ Und in demselben Augenblick begann auch über unsern Köpfen das Scharren und Trappeln mit den Füßen, und bald polterte alles von den Bänken herunter und drängte sich dem Ausgange zu; zuletzt kam der Stadtmusikus mit seinen Gesellen, wie ich aus dem Tönen des Brummbasses hörte, mit dem sie beim Fortgehen an den Wänden anstießen. Dann allmählich wurde es still, nur hinten auf der Bühne hörte man noch die Tendlerschen Eheleute miteinander reden und wirtschaften. Nach einer Weile kamen auch sie in den Zuschauerraum; sie schienen erst an den Musikantenpulten, dann an den Wänden die Lichter auszuputzen; denn es wurde allmählich immer finsterer.

„Wenn i nur wüßt, wo die Lisei abblieben ist!“ hörte ich Herrn Tendler zu seiner an der gegenüberliegenden Wand beschäftigten Frau hinüberrufen.

„Wo sollt sie sein!“ rief diese wieder; „'s ist 'n störrig Ding; ins Quartier wird sie gelaufen sein!“

„Frau“, antwortete der Mann, „du bist auch zu wüst mit dem Kind gewesen; sie hat doch halt so a weichs Gemüt!“

„Ei was“, rief die Frau; „ihr' Straf muß sie hab'n; sie weiß recht gut, daß die schöne Marionett noch von mei'm Vater selig ist! Du wirst sie nit wieder kurieren, und der zweit' Kasper ist doch halt nur ein Notknecht!“

Die lauten Wechselreden hallten in dem leeren Saale wider. Ich hatte mich neben Lisei hingekauert; wir hatten uns bei den Händen gefaßt und saßen mäuschenstille. „G'schieht mir aber schon recht“, begann wieder die Frau, die eben gerade über unsern Köpfen stand, „warum hab ich's gelitten, daß du das gotteslästerlich Stück heute wieder aufgeführt hast! Mein Vater selig hat's nimmer wollen in seinen letzten Jahren!“

„Nu, nu, Resel!“ rief Herr Tendler von der andern Wand; „dein Vater war ein b'sondrer Mann. Das Stück gibt doch allfort eine gute Cassa; und ich mein', es ist doch auch a Lehr und Beispiel für die vielen Gottlosen in der Welt!“

„Ist aber bei uns zum letztenmal heut geb'n. Und nu red mir nit mehr davon!“ erwiderte die Frau.

Herr Tendler schwieg. – Es schien jetzt nur noch ein Licht zu brennen, und die beiden Eheleute näherten sich dem Ausgang.

„Lisei“, flüsterte ich, „Wir werden eingeschlossen.“

„Laß!“ sagte sie, „i kann nit; i geh nit furt!“

„Dann bleib ich auch!“

– „Aber dei Vater und Mutter!“

„Ich bleib doch bei dir!“

Jetzt wurde die Tür des Saales zugeschlagen; – dann ging's die Treppe hinab, und dann hörten wir, wie draußen auf der Straße die große Haustür abgeschlossen wurde.

Da saßen wir denn. Wohl eine Viertelstunde saßen wir so, ohne auch nur ein Wort miteinander zu reden. Zum Glück fiel mir ein, daß sich noch zwei Heißewecken in meiner Tasche befanden, die ich für einen meiner Mutter abgebettelten Schilling auf dem Herwege gekauft und über all dem Schauen ganz vergessen hatte. Ich steckte Lisei den einen in ihre kleinen Hände; sie nahm ihn schweigend, als verstehe es sich von selbst, daß ich das Abendbrot besorge, und wir schmausten eine Weile. Dann war auch das zu Ende. – Ich stand auf und sagte: „Laß uns hinter die Bühne gehen; da wirds's heller sein; ich glaub, der Mond scheint draußen!" Und Lisei ließ sich geduldig durch die kreuz und quer stehenden Latten von mir in den Saal hinausleiten.

Als wir hinter der Verkleidung in den Bühnenraum geschlüpft waren, schien dort vom Garten her das helle Mondlicht in die Fenster.

An dem Drahtseil, an dem am Vormittage nur die beiden Puppen gehangen hatten, sah ich jetzt alle, die vorhin im Stück aufgetreten waren. Da hing der Doktor Faust mit seinem scharfen blassen Gesicht, der gehörnte Mephistopheles, die drei kleinen schwarzhaarigen Teufelchen, und dort neben der geflügelten Kröte waren auch die beiden Kasperls. Ganz stille hingen sie da in der bleichen Mondscheinbeleuchtung; fast wie Verstorbene kamen sie mir vor. Der Hauptkasperl hatte zum Glück wieder seinen breiten Nasenschnabel auf der Brust liegen, sonst hätte ich geglaubt, daß seine Blicke mich verfolgen müßten.

Nachdem Lisei und ich eine Welle, nicht wissend, was wir beginnen sollten, an dem Theatergerüste umhergestanden und -geklettert waren, lehnten wir uns nebeneinander auf die Fensterbank. – Es war Unwetter geworden; am Himmel, gegen den Mond, stieg eine Wolkenbank empor; drunten im Garten konnte man die Blätter zu Haufen von den Bäumen wehen sehen.

„Guck“, sagte Lisei nachdenklich, „wie's da aufi g'schwomma kimmt! Da kann mei alte gute Bas' nit mehr vom Himm'l abi schaun.“

„Was für eine alte Bas', Lisei?“ fragte ich.

– „Nu, wo i g'west bin, bis sie halt g'storb'n ist.“

Dann blickten wir wieder in die Nacht hinaus. – Als der Wind gegen das Haus und auf die kleinen undichten Fensterscheiben stieß, fing hinter mir an dem Drahtseil die stille Gesellschaft mit ihren hölzernen Gliedern an zu klappern. Ich drehte mich unwillkürlich um und sah nun, wie sie, vom Zugwind bewegt, mit den Köpfen wackelten und die steifen Arm' und Beine durcheinanderregten. Als aber plötzlich der kranke Kasperl seinen Kopf zurückschlug und mich mit seinen weißen Augen anstierte, da dachte ich, es sei doch besser, ein wenig an die Seite zu gehen.

Unweit vom Fenster, aber so, daß die Kulissen dort vor dem Anblick dieser schwebenden Tänzer schützen mußten, stand die große Kiste; sie war offen; ein paar wollene Decken, vermutlich zum Verpacken der Puppen bestimmt, lagen nachlässig darüber hingeworfen.

Als ich mich eben dorthin begeben hatte, hörte ich Lisei vom Fenster her so recht aus Herzensgrunde gähnen.

„Bist du müde, Lisei?“ fragte ich.

„O nein“, erwiderte sie, indem sie ihre Ärmchen fest zusammenschränkte; „aber i frier halt!“

Und wirklich, es war kalt geworden in dem großen leeren Raume, auch mich fror. „Komm hieher!“ sagte ich, „wir wollen uns in die Decken wickeln.“

Gleich darauf stand Lisei bei mir und ließ sich geduldig von mir in die eine Decke wickeln; sie sah aus wie eine Schmetterlingspuppe, nur daß oben noch das allerliebste

Gesichtchen herausguckte. „Weißt“, sagte sie und sah mich mit zwei großen müden Augen an, „i steig ins Kistl, da hält's warm!“

Das leuchtete auch mir ein; im Verhältnis zu der wüsten Umgebung winkte hier sogar ein traulicher Raum, fast wie ein dichtes Stübchen. Und bald saßen wir armen törichten Kinder wohlverpackt und dicht aneinandergeschmiegt in der hohen Kiste. Mit Rücken und Füßen hatten wir uns gegen die Seitenwände gestemmt; in der Ferne hörten wir die schwere Saaltür in den Falzen klappen; wir aber saßen ganz sicher und behaglich.

„Friert dich noch, Lisei?“ fragte ich.

„Ka bisserl!“

Sie hatte ihr Köpfchen auf meine Schulter sinken lassen; ihre Augen waren schon geschlossen. „Was wird mei guts Vaterl – “ lallte sie noch; dann hörte ich an ihren gleichmäßigen Atemzügen, daß sie eingeschlafen war.

Ich konnte von meinem Platze aus durch die oberen Scheiben des einen Fensters sehen. Der Mond war aus seiner Wolkenhülle wieder hervorgeschwommen, in der er eine

Zeitlang verborgen gewesen war; die alte Bas' konnte jetzt wieder vom Himmel herunterschauen, und ich denke wohl, sie hat's recht gern getan. Ein Streifen Mondlicht fiel auf das Gesichtchen, das nahe an dem meinen ruhte; die schwarzen Augenwimpern lagen wie seidene Fransen auf den Wangen, der kleine rote Mund atmete leise, nur mitunter zuckte noch ein kurzes Schluchzen aus der Brust herauf; aber auch das verschwand; die alte Bas' schaute gar so mild vom Himmel. – Ich wagte mich nicht zu rühren. „Wie schön müßte es sein", dachte ich, „wenn das Lisei deine Schwester wäre, wenn sie dann immer bei dir bleiben könnte!" Denn ich hatte keine Geschwister, und wenn ich auch nach Brüdern kein Verlangen trug, so hatte ich mir doch oft das Leben mit einer Schwester in meinen Gedanken ausgemalt und konnte es nie begreifen, wenn meine Kameraden mit denen, die sie wirklich besaßen, in Zank und Schlägerei gerieten.

Ich muß über solchen Gedanken doch wohl eingeschlafen sein; denn ich weiß noch, wie mir allerlei wildes Zeug geträumt hat. Mir war, als säße ich mitten in dem Zuschauerraum, die Lichter an den Wänden brannten, aber niemand außer mir saß auf den leeren Bänken. Über meinem

Kopfe, unter der Balkendecke des Saales, ritt Kasperl auf dem höllischen Sperling in der Luft herum und rief einmal übers andere: „Schlimms Brüderl! Schlimms Brüderl!“ oder auch mit kläglicher Stimme: „Mein Arm! Mein Arm!“

Da wurde ich von einem Lachen aufgeweckt, das über meinem Kopfe erschallte; vielleicht auch von dem Lichtschein, der mir plötzlich in die Augen fiel. „Nun seh mir einer dieses Vogelnest!“ hörte ich die Stimme meines Vaters sagen, und dann etwas barscher: „Steig heraus, Junge!“

Das war der Ton, der mich stets mechanisch in die Höhe trieb. Ich riß die Augen auf und sah meinen Vater und das Tendlersche Ehepaar an unserer Kiste stehen; Herr Tendler trug eine brennende Laterne in der Hand. Meine Anstrengung, mich zu erheben, wurde indessen durch Lisei vereitelt, die, noch immer fortschlafend, mit ihrer ganzen kleinen Last mir auf die Brust gesunken war. Als sich aber jetzt zwei knochige Arme ausstreckten, um sie aus der Kiste herauszuheben, und ich das Holzgesicht der Frau Tendler sich auf uns niederbeugen sah, da schlug ich die Arme so ungestüm um meine kleine Freundin, daß ich dabei der guten Frau fast ihren alten italienischen Strohhut vom Kopfe gerissen hätte.

„Nu, nu, Bub!“ rief sie und trat einen Schritt zurück; ich aber, aus unserer Kiste heraus, erzählte mit geflügelten Worten, und ohne mich dabei zu schonen, was am Vormittag geschehen war.

„Also, Madame Tendler“, sagte mein Vater, als ich mit meinem Bericht zu Ende war, und machte zugleich eine sehr verständliche Handbewegung, „da könnten Sie es mir ja wohl überlassen, dieses Geschäft allein mit meinem Jungen abzumachen.“

„Ach ja, ach ja!“ rief ich eifrig, als wenn mir soeben der angenehmste Zeitvertreib verheißen wäre.

Lisei war indessen auch erwacht und von ihrem Vater auf den Arm genommen worden. Ich sah, wie sie die Arme um seinen Hals schlang und ihm bald eifrig ins Ohr flüsterte, bald ihm zärtlich in die Augen sah oder wie beteuernd mit dem Köpfchen nickte. Gleich darauf ergriff auch der Puppenspieler die Hand meines Vaters. „Lieber Herr“, sagte er, „die Kinder bitten füreinander. Mutter, du bist ja auch nit gar so schlimm! Lassen wir es diesmal halt dabei!“

Madame Tendler sah indes noch immer unbeweglich aus ihrem großen Strohhute. „Du magst selb schauen, wie du ohne den Kasperl fertig wirst!“ sagte sie mit einem strengen Blick auf ihren Mann.

In dem Antlitz meines Vaters sah ich ein gewisses lustiges Augenzwinkern, das mir Hoffnung machte, es werde das Unwetter diesmal so an mir vorüberziehen; und als er jetzt sogar versprach, am andern Tage seine Kunst zur Herstellung des Invaliden aufzubieten, und dabei Madame Tendlers italienischer Strohhut in die holdseligste Bewegung geriet, da war ich sicher, daß wir beiderseits im trocknen waren.

Bald marschierten wir unten durch die dunkeln Gassen, Herr Tendler mit der Laterne voran, wir Kinder Hand in Hand den Alten nach. – Dann: „Gut Nacht, Paul! Ach, will i schlaf'n!“ Und weg war das Lisei; ich hatte gar nicht gemerkt, daß wir schon bei unseren Wohnungen angekommen waren.

Am andern Vormittage, als ich aus der Schule gekommen war, traf ich Herrn Tendler mit seinem Töchterchen schon in unserer Werkstatt. „Nun, Herr Kollege“, sagte mein Vater, der eben das Innere der Puppe untersuchte, „das sollte denn doch schlimm zugehen, wenn wir zwei Mechanici den Burschen hier nicht wieder auf die Beine brächten.

„Gel, Vater“, rief das Lisei, „da werd aa die Mutter nit mehr brumm'n.“

Herr Tendler strich zärtlich über das schwarze Haar des Kindes; dann wendete er sich zu meinem Vater, der ihm die Art der beabsichtigten Reparatur auseinandersetzte. „Ach, lieber Herr“, sagte er, „ich bin kein Mechanicus, den Titel hab ich nur so mit den Puppen übernommen; ich bin eigentlich meines Zeichens ein Holzschnitzer aus Berchtesgaden. Aber mein Schwiegervater selig – Sie haben gewiß von ihm gehört –, das war halt einer, und mein Reserl hat noch allweg ihr kleins Gaudi, daß sie die Tochter vom berühmten Puppenspieler Geißelbrecht ist. Der hat auch die Mechanik in dem Kasperl da g'macht; ich hab ihm derzeit nur 's G'sichtl ausgeschnitten.“

„Ei nun, Herr Tendler“, erwiderte mein Vater, „das ist ja auch schon eine Kunst. Und dann – sagt mir nur, wie war's denn möglich, daß Ihr Euch gleich zu helfen wußtet, als die Schandtat meines Jungen da so mitten in dem Stück zum Vorschein kam?“

Das Gespräch begann mir etwas unbehaglich zu werden; in Herrn Tendlers gutmütigem Angesicht aber leuchtete plötzlich die ganze Schelmerei des Puppenspielers. „Ja, lieber Herr“, sagte er, „da hat man halt für solch Fäll sein G'spaßerl in der Taschen! Auch ist da noch so ein Bruderssöhnerl, ein Wurstl Nummer zwei, der grad 'ne solche Stimm hat wie dieser da!“

Ich hatte indessen die Lisei am Kleide gezupft und war glücklich mit ihr nach unserem Garten entkommen. Hier unter der Linde saßen wir, die auch über uns beide jetzt ihr grünes Dach ausbreitet; nur blühten damals nicht mehr die roten Nelken auf den Beeten dort; aber ich weiß noch wohl, es war ein sonniger Septembernachmittag. Meine Mutter kam aus ihrer Küche und begann ein Gespräch mit dem Puppenspielerkinde; sie hatte denn doch auch so ihre kleine Neugierde.

Wie es denn heiße, fragte sie, und ob es denn schon immer so von Stadt zu Stadt gefahren sei. – – Ja, Lisei heiße es – ich hatte das meiner Mutter auch schon oft genug gesagt –, aber dies sei seine erste Reis'; drum könne es auch das Hochdeutsch noch nit so völlig firti krieg'n. – – Ob es denn auch zur Schule gegangen sei. – – Freili; es sei schon zur Schul gang'n; aber das Nähen und Stricken habe es von seiner alten Bas' gelernt; die habe auch so a Gärtl g'habt, da drin hätten sie zusammen auf dem Bänkerl gesessen; nun lerne es bei der Mutter, aber die sei gar streng!

Meine Mutter nickte beifällig. – Wie lange ihre Eltern denn wohl hier verweilen würden, fragte sie das Lisei wieder. – – Ja, das wüßt es nit, das käme auf die Mutter an; doch pflegten sie so ein vier Wochen am Ort zu bleiben. – – Ja, ob's denn auch ein warmes Mäntelchen für die Weiterreise habe; denn so im Oktober würde es schon kalt auf dem offenen Wägelchen. – – Nun, meinte Lisei, ein Mäntelchen habe sie schon, aber ein dünnes sei es nur; es hab sie auch schon darin gefroren auf der Herreis'.

Und jetzt befand sich meine gute Mutter auf dem Fleck, wonach ich sie schon lange hatte zusteuern sehen. „Hör, kleine Lisei“, sagte sie, „ich hab einen braven Mantel in meinem Schranke hängen, noch von den Zeiten her, da ich ein schlankes Mädchen war; ich bin aber jetzt herausgewachsen und habe keine Tochter, für die ich ihn noch zurechtschneidern könnte. Komm nur morgen wieder, Lisei, da steckt ein warmes Mäntelchen für dich darin.“

Lisei wurde rot vor Freude und hatte im Umsehen meiner Mutter die Hand geküßt, worüber diese ganz verlegen wurde; denn du weißt, hierzulande verstehen wir uns schlecht auf solche Narreteien! – Zum Glück kamen jetzt die beiden Männer aus der Werkstatt. „Für diesmal gerettet“, rief mein Vater; „aber – –!“ Der warnend gegen mich geschüttelte Finger war das Ende meiner Buße.

Fröhlich lief ich ins Haus und holte auf Geheiß meiner Mutter deren großes Umschlagtuch; denn um den kaum Genesenen vor dem zwar wohlgemeinten, aber immerhin unbequemen Zujauchzen der Gassenjugend zu bewahren, das ihn auf seinem Herwege begleitet hatte, wurde der Kasper jetzt sorgsam eingehüllt; dann nahm Lisei ihn auf den Arm, Herr Tendler das Lisei an der Hand, und so, unter Dankesversicherungen, zogen sie vergnügt die Straße nach dem Schützenhof hinab.

Und nun begann eine Zeit des schönsten Kinderglückes. – Nicht nur am andern Vormittage, sondern auch an den folgenden Tagen kam das Lisei; denn sie hatte nicht abgelassen, bis ihr gestattet worden, auch selbst an ihrem neuen Mäntelchen zu nähen. Zwar war's wohl mehr nur eine Scheinarbeit, die meine Mutter in ihre kleinen Hände legte; aber sie meinte doch, das Kind müßte recht ordentlich angehalten sein. Ein paarmal setzte ich mich daneben und las aus einem Bande von Weißens „Kinderfreunde" vor, den mein Vater einmal auf einer Auktion für mich gekauft hatte, zum Entzücken Liseis, der solche Unterhaltungsbücher noch unbekannt waren. „Das is g'schickt!" oder „Ei du, was geit's für Sachan auf der Welt!" Dergleichen Worte rief sie oft dazwischen und legte die Hände mit ihrer Näharbeit in den Schoß. Mitunter sah sie mich auch von unten mit ganz klugen Augen an und sagte: „Ja, wenn's Geschichtl nur nit derlog'n ist" – Mir ist's, als hörte ich es noch heute.

– – Der Erzähler schwieg, und in seinem schönen männlichen Antlitz sah ich einen Ausdruck stillen Glückes, als sei das alles, was er mir erzählte, zwar vergangen, aber keineswegs verloren. Nach einer Weile begann er wieder:

Meine Schularbeiten machte ich niemals besser als in jener Zeit; denn ich fühlte wohl, daß das Auge meines Vaters mich strenger als je überwachte und daß ich mir den Verkehr mit den Puppenspielerleuten nur um den Preis eines strengen Fleißes erhalten könne. „Es sind reputierliche Leute, die Tendlers", hörte ich einmal meinen Vater sagen; „der Schneiderwirt drüben hat ihnen auch heute ein ordentliches Stübchen eingeräumt; sie zahlen jeden Morgen ihre Zeche; nur, meinte der Alte, sei es leider blitzwenig, was sie draufgehen ließen. – Und das", setzte mein Vater hinzu, „gefällt mir besser als dem Herbergsvater; sie mögen an den Notpfennig denken, was sonst nicht die Art solcher Leute ist." – – Wie gern hörte ich meine Freunde loben! Denn das waren sie jetzt alle; sogar Madame Tendler nickte ganz vertraulich aus ihrem Strohhute, wenn ich – keiner Einlaßkarte mehr bedürftig – abends an ihrer Kasse vorbei in den Saal schlüpfte. – Und wie rannte ich jetzt vormittags aus der Schule! Ich wußte wohl, zu Hause traf ich das Lisei entweder bei meiner Mutter in der Küche, wo sie allerlei kleine Dienste für sie zu verrichten wußte, oder es saß auf der Bank im Garten, mit einem Buche oder mit einer Näharbeit in der Hand. Und bald wußte ich sie auch in meinem Dienste zu beschäftigen; denn nachdem ich mich genügend in den innern Zusammenhang der Sache eingeweiht glaubte, beabsichtigte ich nichts Geringeres, als nun auch meinerseits ein Marionettentheater einzurichten. Vorläufig begann ich mit dem Ausschnitzen der Puppen, wobei Herr Tendler, nicht ohne eine gutmütige Schelmerei in seinen kleinen Augen, mir in der Wahl des Holzes und der Schnitzmesser mit Rat und Hülfe zur Hand ging; und bald ragte auch in der Tat eine mächtige Kasperlenase aus dem Holzblöckchen in die Welt. Da aber andererseits der Nanking des „Wurstls“ mir zuwenig interessant erschien, so mußte indessen das Lisei aus „Fetz'ln“, die wiederum der alte Gabriel hatte hergeben müssen, gold- und silberbesetzte Mäntel und Wämser für Gott weiß welche andere künftige Puppen anfertigen. Mitunter trat auch der alte Heinrich mit seiner kurzen Pfeife aus der Werkstatt zu uns, ein Geselle meines Vaters, der, solang ich denken konnte, zur

Familie gehörte; er nahm mir dann wohl das Messer aus der Hand und gab durch ein paar Schnitte dem Dinge hie und da den rechten Schick. Aber schon wollte meiner Phantasie selbst der Tendlersche Haupt- und Prinzipalkasperl nicht mehr genügen; ich wollte noch ganz etwas anderes leisten; für den meinigen ersann ich noch drei weitere, nie dagewesene und höchst wirkungsvolle Gelenke, er sollte seitwärts mit dem Kinne wackeln, die Ohren hin und her bewegen und die Unterlippe auf- und abklappen können; und er wäre auch jedenfalls ein ganz unerhörter Prachtkerl geworden, wenn er nur nicht schließlich über all seinen Gelenken schon in der Geburt zugrunde gegangen wäre. Auch sollte leider weder der Pfalzgraf Siegfried noch irgendein anderer Held des Puppenspiels durch meine Hand zu einer fröhlichen Auferstehung gelangen. – Besser glückte es mir mit dem Bau einer unterirdischen Höhle, in der ich an kalten Tagen mit Lisei auf einem Bänkchen zusammensaß und ihr bei dem spärlichen Lichte, das durch eine oben angebrachte Fensterscheibe fiel, die Geschichten aus dem Weißeschen „Kinderfreunde" vorlas, die sie immer von neuem hören konnte. Meine Kameraden neckten mich wohl und schalten mich einen Mädchenknecht, weil ich, statt wie sonst mit ihnen, jetzt mit der Puppenspielertochter meine Zeit zubrachte. Mich kümmerte das wenig; wußte ich doch, es redete nur der Neid aus ihnen, und wo es mir zu arg wurde, da brauchte ich denn auch einmal ganz wacker meine Fäuste.

– – Aber alles im Leben ist nur für eine Spanne Zeit. Die Tendlers hatten ihre Stücke durchgespielt; die Puppenbühne auf dem Schützenhofe wurde abgebrochen; sie rüsteten sich zum Weiterziehen.

Und so stand ich denn an einem stürmischen Oktobernachmittage draußen vor unserer Stadt auf dem hohen Heiderücken, sah bald traurig auf den breiten Sandweg, der nach Osten in die kahle Gegend hinausläuft, bald sehnsüchtig nach der Stadt zurück, die in Dunst und Nebel in der Niederung lag. Und da kam es herangetrabt, das kleine Wägelchen mit den zwei hohen Kisten darauf und dem munteren braunen Pferdchen in der Gabeldeichsel. Herr Tendler saß jetzt vorn auf einem Brettchen, hinter ihm Lisei in dem neuen warmen Mäntelchen neben ihrer Mutter. – Ich hatte schon vor der Herberge von ihnen Abschied genommen;

dann aber war ich vorausgelaufen, um sie alle noch einmal zu sehen und um Lisei, wozu ich von meinem Vater die Erlaubnis erhalten hatte, den Band von Weißens „Kinderfreunde“ als Angedenken mitzugeben; auch eine Düte mit Kuchen hatte ich um einige ersparte Sonntagssechslinge für sie eingehandelt. „Halt! Halt!“ rief ich jetzt und stürzte von meinem Heidehügel auf das Fuhrwerk zu. – Herr Tendler zog die Zügel an, der Braune stand, und ich reichte Lisei meine kleinen Geschenke in den Wagen, die sie neben sich auf den Stuhl legte. Als wir uns aber, ohne ein Wort zu sagen, an beiden Händen griffen, da brachen wir armen Kinder in ein lautes Weinen aus. Doch in demselben Augenblicke peitschte auch schon Herr Tendler auf sein Pferdchen. „Ade, mein Bub! Bleib brav und dank aa no schön dei'm Vaterl und dei'm Mutterl!“

„Ade! Ade!“ rief das Lisei; das Pferdchen zog an, das Glöckchen an seinem Halse bimmelte; ich fühlte die kleinen Hände aus den meinen gleiten, und fort fuhren sie, in die weite Welt hinaus.

Ich war wieder am Rande des Weges emporgestiegen und blickte unverwandt dem Wägelchen nach, wie es durch den staubenden Sand dahinzog. Immer schwächer hörte ich das Gebimmel des Glöckchens; einmal noch sah ich ein weißes Tüchelchen um die Kisten flattern; dann allmählich verlor es sich mehr und mehr in den grauen Herbstnebeln. – Da fiel es plötzlich wie eine Todesangst mir auf das Herz: du siehst sie nimmer, nimmer wieder! – „Lisei!" schrie ich, „Lisei!" – Als aber dessenungeachtet, vielleicht wegen einer Biegung der Landstraße, der nur noch im Nebel schwimmende Punkt jetzt völlig meinen Augen entschwand, da rannte ich wie unsinnig auf dem Wege hintendrein. Der Sturm riß mir die Mütze vom Kopf, meine Stiefel füllten sich mit Sand; aber so weit ich laufen mochte, ich sah nichts anderes als die öde baumlose Gegend und den kalten grauen Himmel, der darüberstand. – Als ich endlich bei einbrechender Dunkelheit zu Hause wieder angelangt war, hatte ich ein Gefühl, als sei die ganze Stadt indessen ausgestorben. Es war eben der erste Abschied meines Lebens.

Wenn in den nun folgenden Jahren der Herbst wiederkehrte, wenn die Krammetsvögel durch die Gärten unserer Stadt flogen und drüben vor der Schneiderherberge die ersten gelben Blätter von den Lindenbäumen wehten, dann saß ich wohl manches Mal auf unserer Bank und dachte, ob nicht endlich einmal das Wägelchen mit dem braunen Pferdchen wie damals wieder die Straße heraufgebimmelt kommen würde.

Aber ich wartete umsonst; das Lisei kam nicht wieder.

Es war um zwölf Jahre später. – Ich hatte nach der Rechenmeisterschule, wie es damals manche Handwerkersöhne zu tun pflegten, auch noch die Quarta unserer Gelehrtenschule durchgemacht und war dann bei meinem Vater in die Lehre getreten. Auch diese Zeit, in der ich mich, außer meinem Handwerk, vielfach mit dem Lesen guter Bücher beschäftigte, war vorübergegangen. Jetzt, nach dreijähriger Wanderschaft, befand ich mich in einer mitteldeutschen Stadt. Es war streng katholisch dort, und in dem Punkte verstanden sie keinen Spaß; wenn man vor ihren Prozessionen, die mit Gesang und Heiligenbildern durch die Straßen zogen, nicht selbst den Hut abnahm, so wurde er einem auch wohl heruntergeschlagen; sonst aber waren es gute Leute. – Die Frau Meisterin, bei der ich in Arbeit stand, war eine Witwe, deren Sohn gleich mir in der Fremde arbeitete, um die nach den Zunftgesetzen vorgeschriebenen Wanderjahre bei der späteren Bewerbung um das Meisterrecht nachweisen zu können. Ich hatte es gut in diesem Hause; die Frau tat mir, wovon sie wünschen mochte, daß es in der Ferne andere Leute an ihrem Kinde tun möchten, und bald war unter uns das Vertrauen so gewachsen, daß das Geschäft so gut wie ganz in meinen Händen lag. – Jetzt steht unser Joseph dort bei ihrem Sohn in Arbeit, und die Alte, so hat er oft geschrieben, hätschelt mit ihm, als wäre sie die leibhaftige Großmutter zu dem Jungen.

– – Nun, damals saß ich eines Sonntagnachmittags mit meiner Frau Meisterin in der Wohnstube, deren Fenster der Tür des großen Gefangenenhauses gegenüberlagen. Es war im Januar; das Thermometer stand zwanzig Grad unter Null; draußen auf der Gasse war kein Mensch zu sehen; mitunter kam der Wind pfeifend von den nahen Bergen herunter und jagte kleine Eisstücke klingend über das Straßenpflaster.

„Da behagt 'n warmes Stübchen und 'n heißes Schälchen Kaffee“, sagte die Meisterin, indem sie mir die Tasse zum dritten Male vollschenkte.

Ich war ans Fenster getreten. Meine Gedanken gingen in die Heimat; nicht zu lieben Menschen, die hatte ich dort nicht mehr, das Abschiednehmen hatte ich jetzt gründlich gelernt. Meiner Mutter war mir noch vergönnt gewesen selbst die Augen zuzudrücken; vor einigen Wochen hatte ich nun auch den Vater verloren, und bei dem damals noch so langwierigen Reisen hatte ich ihn nicht einmal zu seiner Ruhestatt begleiten können. Aber die väterliche Werkstatt wartete auf den Sohn ihres heimgegangenen Meisters. Indes, der alte Heinrich war noch da und konnte mit Genehmigung der Zunftmeister die Sache schon eine kurze Zeit aufrechterhalten; und so hatte ich denn auch meiner guten Meisterin versprochen, noch ein paar Wochen bis zum Eintreffen ihres Sohnes bei ihr auszuhalten. Aber Ruhe hatte ich nicht mehr, das frische Grab meines Vaters duldete mich nicht länger in der Fremde.

In diesen Gedanken unterbrach mich eine scharfe scheltende Stimme drüben von der Straße her. Als ich aufblickte, sah ich das schwindsüchtige Gesicht des Gefängnisinspektors sich aus der halbgeöffneten Tür des Gefangenenhauses hervorrecken; seine erhobene Faust drohte einem jungen Weibe, das, wie es schien, fast mit Gewalt in diese sonst gefürchteten Räume einzudringen strebte.

„Wird wohl was Liebes drinnen haben", sagte die Meisterin, die von ihrem Lehnstuhle aus ebenfalls dem Vorgange zugesehen hatte, „aber der alte Sünder da drüben hat kein Herz für die Menschheit."

„Der Mann tut wohl nur seine Pflicht, Frau Meisterin", sagte ich, noch immer in meinen eigenen Gedanken.

„Ich möcht nicht solche Pflicht zu tun haben", erwiderte sie und lehnte sich fast zornig in ihren Stuhl zurück.

Drüben war indes die Tür des Gefangenenhauses zugeschlagen, und das junge Weib, nur mit einem kurzen wehenden Mäntelchen um die Schultern und einem schwarzen Tüchelchen um den Kopf geknotet, ging langsam die übereiste Straße hinab. – Die Meisterin und ich waren schweigend auf unserem Platz geblieben; ich glaube – denn auch meine Teilnahme war jetzt geweckt –, es war uns beiden, als ob wir helfen müßten und nur nicht wüßten wie.

Als ich eben vom Fenster zurücktreten wollte, kam das Weib wieder die Straße herauf. Vor der Tür des Gefangenenhauses blieb sie stehen und setzte zögernd einen Fuß auf den zur Schwelle führenden Treppenstein; dann aber wandte sie den Kopf zurück, und ich sah ein junges Antlitz, dessen dunkle Augen mit dem Ausdruck ratlosester Verlassenheit über die leere Gasse streiften; sie schien doch nicht den Mut zu haben, noch einmal der drohenden Beamtenfaust entgegenzutreten. Langsam und immer wieder nach der geschlossenen Tür zurückblickend, setzte sie ihren Weg fort; man sah es deutlich, sie wußte selbst nicht wohin. Als sie jetzt aber an der Ecke der Gefangenanstalt in das nach der Kirche hinaufführende Gäßchen einbog, riß ich unwillkürlich meine Mütze vom Türhaken, um ihr nachzugehen.

„Ja, ja, Paulsen, das ist das Rechte!“ sagte die gute Meisterin; „geht nur, ich werde derweil den Kaffee wieder heiß setzen!“

Es war grimmig kalt, als ich aus dem Hause trat; alles schien wie ausgestorben; von dem Berge, der am Ende der Straße die

Stadt überragt, sah fast drohend der schwarze Tannenwald herab; vor den Fensterscheiben der meisten Häuser saßen die weißen Eisgardinen; denn nicht jeder hatte, wie meine Meisterin, die Gerechtigkeit von fünf Klaftern Holz auf seinem Hause. – Ich ging durch das Gäßchen nach dem Kirchenplatz; und dort vor dem großen hölzernen Kruzifixe auf der gefrorenen Erde lag das junge Weib, den Kopf gesenkt, die Hände in den Schoß gefaltet. Ich trat schweigend näher; als sie aber jetzt zu dem blutigen Antlitz des Gekreuzigten aufblickte, sagte ich: „Verzeiht mir, wenn ich Eure Andacht unterbreche, aber Ihr seid wohl fremd in dieser Stadt?"

Sie nickte nur, ohne ihre Stellung zu verändern.

„Ich möchte Euch helfen!" begann ich wieder, „sagt mir nur, wohin Ihr wollt!"

„I weiß nit mehr wohin", sagte sie tonlos und ließ das Haupt wieder auf ihre Brust sinken.

„Aber in einer Stunde ist es Nacht; in diesem Totenwetter könnt Ihr nicht länger auf der offenen Straße bleiben!"

„Der liebi Gott wird helfen", hörte ich sie leise sagen.

„Ja, ja“, rief ich, „und ich glaube fast, er hat mich selbst zu Euch geschickt!“

Es war, als habe der stärkere Klang meiner Stimme sie erweckt; denn sie erhob sich und trat zögernd auf mich zu; mit vorgestrecktem Halse näherte sie ihr Gesicht mehr und mehr dem meinen, und ihre Blicke drangen auf mich ein, als ob sie mich damit erfassen wolle. „Paul!“ rief sie plötzlich, und wie ein Jubelruf flog das Wort aus ihrer Brust – „Paul! Ja di schickt mir der liebe Gott!“

Wo hatte ich meine Augen gehabt! Da hatte ich es ja wieder, mein Kindsgespiel, das kleine Puppenspieler-Lisei! Freilich, eine schöne schlanke Jungfrau war es geworden, und auf dem sonst so lachenden Kindergesicht lag jetzt, nachdem der erste Freudenstrahl darüberhin geflogen, der Ausdruck eines tiefen Kummers.

„Wie kommst du so allein hieher, Lisei?“ fragte ich. „Was ist geschehen? Wo ist denn dein Vater?“

„Im Gefängnis, Paul.“

„Dein Vater, der gute Mann! – Aber komm mit mir; ich stehe hier bei einer braven Frau in Arbeit; sie kennt dich, ich habe ihr oft von dir erzählt."

Und Hand in Hand, wie einst als Kinder, gingen wir nach dem Hause meiner guten Meisterin, die uns schon vom Fenster aus entgegensah. „Das Lisei ist's!" rief ich, als wir in die Stube traten, „denkt Euch, Frau Meisterin, das Lisei!"

Die gute Frau schlug die Hände über ihre Brust zusammen. „Heilige Mutter Gottes, bitt für uns! das Lisei! – also so hat's ausgeschaut! – Aber", fuhr sie fort, „wie kommst denn du mit dem alten Sünder da zusammen?" – und sie wies mit dem ausgestreckten Finger nach dem Gefangenhause drüben – „der Paulsen hat mir doch gesagt, daß du ehrlicher Leute Kind bist!"

Gleich darauf aber zog sie das Mädchen weiter in die Stube hinein und drückte sie in ihren Lehnstuhl nieder, und als jetzt Lisei ihre Frage zu beantworten anfing, hielt sie ihr schon eine dampfende Tasse Kaffee an die Lippen.

„Nun trink einmal", sagte sie, „und komm erst wieder zu dir; die Händchen sind dir ja ganz verklommen."

Und das Lisei mußte trinken, wobei ihr zwei helle Tränen in die Tasse rollten, und dann erst durfte sie erzählen.

Sie sprach jetzt nicht, wie einst und wie vorhin in der Einsamkeit ihres Kummers, in dem Dialekt ihrer Heimat, nur ein leichter Anflug war ihr davon geblieben; denn waren ihre Eltern auch nicht mehr bis an unsere Küste hinabgekommen, so hatten sie sich doch meistens in dem mittleren Deutschland aufgehalten. Schon vor einigen Jahren war die Mutter gestorben. „Verlaß den Vater nicht!“ das hatte sie der Tochter im letzten Augenblicke noch ins Ohr geflüstert, „sein Kindsherz ist zu gut für diese Welt.“

Lisei brach bei dieser Erinnerung in heftiges Weinen aus; sie wollte nicht einmal von der aufs neue vollgeschenkten Tasse trinken, mit der die Meisterin ihre Tränen zu stillen gedachte, und erst nach einer ziemlichen Weile konnte sie weiterberichten.

Gleich nach dem Tode der Mutter war es ihre erste Arbeit gewesen, an deren Stelle sich die Frauenrollen in den Puppenspielen von ihrem Vater einlernen zu lassen. Dazwischen waren die Bestattungsfeierlichkeiten besorgt und die ersten Seelenmessen für die Tote gelesen; dann, das frische Grab hinter sich lassend, waren Vater und Tochter wiederum ins Land hineingefahren und hatten, wie vorhin, ihre Stücke abgespielt: Den verlorenen Sohn, Die heilige Genoveva, und wie sie sonst noch heißen mochten.

So waren sie gestern auf der Reise in ein großes Kirchdorf gekommen, wo sie ihre Mittagsrast gehalten hatten. Auf der harten Bank vor dem Tische, an welchem sie ihr bescheidenes Mahl verzehrten, war Vater Tendler ein halbes Stündchen in einen festen Schlaf gesunken, während Lisei draußen die Fütterung ihres Pferdes besorgt hatte. Kurz darauf, in wollene Decken wohlverpackt, waren sie aufs neue in die grimmige Winterkälte hinausgefahren.

„Aber wir kamen nit weit", erzählte Lisei; „gleich hinterm Dorf ist ein Landreiter auf uns zugeritten und hat gezetert und gemordiot. Aus dem Tischkasten sollt dem Wirt ein Beutel mit Geld gestohlen sein, und mein unschuldigs Vaterl war doch allein in der Stube dort gewesen! Ach, wir haben kei Heimat, kei Freund, kei Ehr; es kennt uns niemand nit!"

„Kind, Kind“, sagte die Meisterin, indem sie zu mir hinüberwinkte, „versündige dich auch nicht!“

Ich aber schwieg, denn Lisei hatte ja nicht unrecht mit ihrer Klage. – Sie hatten in das Dorf zurückgemußt; das Fuhrwerk mit allem, was daraufgeladen, war vom Schulzen dort zurückgehalten worden; der alte Tendler aber hatte die Weisung erhalten, den Weg zur Stadt neben dem Pferde des Landreiters herzutraben. Lisei, von dem letzteren mehrfach zurückgewiesen, war in einiger Entfernung hinterhergegangen, in der Zuversicht, daß sie wenigstens, bis der liebe Gott die Sache aufkläre, das Gefängnis ihres Vaters werde teilen können. Aber – auf ihr ruhte kein Verdacht; mit Recht hatte der Inspektor sie als eine Zudringliche von der Tür gejagt, die auf ein Unterkommen in seinem Hause nicht den geringsten Anspruch habe.

Lisei wollte das zwar noch immer nicht begreifen; sie meinte, das sei ja härter als alle Strafe, die später doch gewiß den wirklichen Spitzbuben noch ereilen würde; aber, fügte sie gleich hinzu, sie wolle ihm auch so harte Strafe nit wünschen, wenn nur die Unschuld von ihrem guten Vaterl an den Tag komme; ach, der werd's gewiß nit überleben!

Ich besann mich plötzlich, daß ich sowohl dem alten Korporal da drüben als auch dem Herrn Kriminalkommissarius eigentlich ein unentbehrlicher Mann sei; denn dem einen hielt ich seine Spinnmaschinen in Ordnung, dem andern schärfte ich seine kostbaren Federmesser; durch den einen konnte ich wenigstens Zutritt zu dem Gefangenen erhalten, bei dem andern konnte ich ein Leumundszeugnis für Herrn Tendler ablegen und ihn vielleicht zur Beschleunigung der Sache veranlassen. Ich bat Lisei, sich zu gedulden, und ging sofort in das Gefangenhaus hinüber.

Der schwindsüchtige Inspektor schalt auf die unverschämten Weiber, die immer zu ihren spitzbübischen Männern oder Vätern in die Zellen wollten. Ich aber verbat mir in betreff meines alten Freundes solche Titel, solange sie ihm nicht durch das Gericht „von Rechts wegen“ beigelegt seien, was, wie ich sicher wisse, nie geschehen werde; und endlich, nach einigem Hin- und Widerreden, stiegen wir zusammen die breite Treppe nach dem Oberbau hinauf.

In dem alten Gefangenhause war auch die Luft gefangen, und ein widerwärtiger Dunst schlug uns entgegen, als wir oben durch den langen Korridor schritten, von welchem aus zu beiden Seiten Tür an Tür in die einzelnen Gefangenzellen führte. An einer derselben, fast zu Ende des Ganges, blieben wir stehen; der Inspektor schüttelte sein großes Schlüsselbund, um den rechten herauszufinden; dann knarrte die Tür, und wir traten ein.

In der Mitte der Zelle, mit dem Rücken gegen uns, stand die Gestalt eines kleinen mageren Mannes, der nach dem Stückchen Himmel hinaufzublicken schien, das grau und trübselig durch ein oben in der Mauer angebrachtes Fenster auf ihn herabdämmerte. An seinem Haupte bemerkte ich sogleich die kleinen abstehenden Haarspieße; nur hatten sie, wie jetzt draußen die Natur, sich in die Farbe des Winters gekleidet. Bei unserem Eintritt wandte der kleine Mann sich um.

„Sie kennen mich wohl nicht mehr, Herr Tendler?“ fragte ich.

Er sah flüchtig nach mir hin. „Nein, lieber Herr“, erwiderte er, „hab nicht die Ehre.“

Ich nannte ihm den Namen meiner Vaterstadt und sagte: „Ich bin der unnütze Junge, der Ihnen damals Ihren kunstreichen Kasperl verdrehte!“

„Oh, schad't nichts, gar nichts!“ erwiderte er verlegen und machte mir einen Diener; „ist lange schon vergessen.“

Er hatte offenbar nur halb auf mich gehört; denn seine Lippen bewegten sich als spräche er zu sich selber von ganz anderen Dingen.

Da erzählte ich ihm, wie ich vorhin sein Lisei aufgefunden habe, und jetzt erst sah er mich mit offenen Augen an. „Gott Dank! Gott Dank!“ sagte er und faltete die Hände. „Ja, ja, das kleine Lisei und der kleine Paul, die spielten derzeit miteinander! – Der kleine Paul! Seid Ihr der kleine Paul? Oh, i glaub's Euch schon; das herzige G'sichtl von dem frischen Bub'n, das schaut da no heraus!“ Er nickte mir so innig zu, daß die weißen Haarspießchen auf seinem Kopfe bebten. „Ja, ja, da drunten an der See bei euch; wir sind nit wieder hingekommen; das war no gute Zeit dermal; da war aa noch mein Weib, die Tochter vom großen Geißelbrecht, dabei! „Joseph!“ pflegte sie zu sagen, „wenn nur die Menschen aa so Dräht an ihre Köpf hätten, da könntst du aa mit ihne firti werd'n!“ – Hätt sie nur heute noch gelebt, sie hätten mich nicht eingesperrt. Du lieber Gott; ich bin kein Dieb, Herr Paulsen.“

Der Inspektor, der draußen vor der angelehnten Tür im Gange auf und ab ging, hatte schon ein paarmal mit seinem Schlüsselbund gerasselt. Ich suchte den alten Mann zu beruhigen und bat ihn, sich bei seinem ersten Verhör auf mich zu berufen, der ich hier bekannt und wohlgeachtet sei.

Als ich wieder zu meiner Meisterin in die Stube trat, rief diese mir entgegen: „Das ist ein trotzigs Mädel, Paulsen; da helft mir nur gleich ein wenig; ich hab ihr die Kammer zum Nachtquartier geboten; aber sie will fort, in die Bettelherberg oder Gott weiß wohin!“

Ich fragte Lisei, ob sie ihre Pässe bei sich habe.

„Mein Gott, die hat der Schulz im Dorf uns abgenommen!“

„So wird kein Wirt dir seine Tür aufmachen“, sagte ich, „das weißt du selber wohl.“

Sie wußte es freilich, und die Meisterin schüttelte ihr vergnügt die Hände. „Ich denk wohl“, sagte sie, „daß du dein eignes Köpfchen hast; der da hat mir's haarklein erzählt, wie ihr zusammen in der Kiste habt gesessen; aber so leicht wärst du doch nicht von mir fortgekommen!“

Das Lisei sah etwas verlegen vor sich nieder; dann aber fragte sie mich hastig aus nach ihrem Vater. Nachdem ich ihr Bescheid gegeben hatte, erbat ich mir ein paar Bettstücke von der Meisterin, nahm von den meinigen noch etwas hinzu und trug es selbst hinüber in die Zelle des Gefangenen, wozu ich vorhin von dem Inspektor die Erlaubnis erhalten hatte. – So konnten wir, als nun die Nacht herankam, hoffen, daß im warmen Bette und auf dem besten Ruhekissen, das es in der Welt gibt, auch unsern alten Freund in seiner öden Kammer ein sanfter Schlaf erquicken werde.

Am andern Vormittage, als ich eben, um zum Herrn Kriminalkommissarius zu gehen, auf die Straße trat, kam von drüben der Inspektor in seinen Morgenpantoffeln auf mich zugeschritten. „Ihr habt recht gehabt, Paulsen“, sagte er mit seiner gläsernen Stimme, „für diesmal ist's kein Spitzbube gewesen; den Richtigen haben sie soeben eingebracht; Euer Alter wird noch heut entlassen werden.“

Und richtig, nach einigen Stunden öffnete sich die Tür des Gefangenhauses, und der alte Tendler wurde von der kommandierenden Stimme des Inspektors zu uns hinübergewiesen. Da das Mittagessen eben aufgetragen war, so ruhte die Meisterin nicht, bis auch er seinen Platz am Tische eingenommen hatte; aber er berührte die guten Speisen kaum, und wie sie sich auch um ihn bemühen mochte, er blieb wortkarg und in sich gekehrt neben seiner Tochter sitzen; nur mitunter bemerkte ich, wie er deren Hand nahm und sie zärtlich streichelte. Da hörte ich draußen vom Tore her ein Glöckchen bimmeln; ich kannte es ganz genau, aber es läutete mir weither aus meiner Kinderzeit.

„Lisei!“ sagte ich leise.

„Ja, Paul, ich hör es wohl.“

Und bald standen wir beide draußen vor der Haustür. Siehe, da kam es die Straße herab, das Wägelchen mit den beiden hohen Kisten, wie ich daheim es mir so oft gewünscht hatte. Ein Bauernbursche ging nebenher mit Zügel und Peitsche in der Hand; aber das Glöckchen bimmelte jetzt am Halse eines kleinen Schimmels.

„Wo ist das Braunchen geblieben?“ fragte ich Lisei.

„Das Braunchen“, erwiderte sie, „das ist uns eines Tags vorm Wagen hingefallen; der Vater hat sogleich den Tierarzt aus dem Dorfe geholt; aber es hat nimmer leben können.“

Bei diesen Worten stürzten ihr die Tränen aus den Augen.

„Was fehlt dir, Lisei?“ fragte ich, „es ist ja nun doch alles wieder gut!“

Sie schüttelte den Kopf. „Mein Vaterl gefallt mir nit! Er ist so still; die Schand, er verwind't es nit.“

– – Und Lisei hatte mit ihren treuen Tochteraugen recht gesehen. Als kaum die beiden in einem kleinen Gasthofe untergebracht waren und der Alte schon seine Pläne zur Weiterfahrt entwarf – denn hier wollte er jetzt nicht vor die Leute treten –, da zwang ihn ein Fieber, im Bett zu bleiben. Bald mußten wir einen Arzt holen, und es entwickelte sich ein längeres Krankenlager. In Besorgnis, daß sie dadurch in Not geraten könnten, bot ich Lisei meine Geldmittel zur Hülfe an; aber sie sagte: „I nimm's ja gern von dir; doch sorg nur nit, wir sind nit gar so karg.“ Da blieb mir denn nichts anderes zu tun, als in der Nachtwache mit ihr zu wechseln oder, als es dem Kranken besser ging, am Feierabend ein Stündchen an seinem Bett zu plaudern.

So war die Zeit meiner Abreise herangenaht, und mir wurde das Herz immer schwerer. Es tat mir fast weh, das Lisei anzusehen; denn bald fuhr es ja auch mit seinem Vater von hier wieder in die weite Welt hinaus. Wenn sie nur eine Heimat gehabt hätten! Aber wo waren sie zu finden, wenn ich Gruß und Nachricht zu ihnen senden wollte! Ich dachte an die zwölf Jahre seit unserem ersten Abschied; – sollte wieder so lange Zeit vergehen oder am Ende gar das ganze Leben?

„Und grüß mir aa dein Vaterhaus, wenn du heimkommst!“ sagte Lisei, da sie am letzten Abend mich an die Haustür begleitet hatte. „I seh's mit mein' Augen, das Bänkerl vor der Tür, die Lind im Gart'l; ach, i vergiß es nimmer; so lieb hab ich's nit wieder g'funden in der Welt!“

Als sie das sagte, war es mir, als leuchte aus dunkler Tiefe meine Heimat zu mir auf; ich sah die zärtlichen Augen meiner Mutter, das feste ehrliche Antlitz meines Vaters. „Ach, Lisei“, sagte ich, „wo ist denn jetzt mein Vaterhaus! Es ist ja alles öd und leer.“

Lisei antwortete nicht; sie gab mir nur die Hand und blickte mich mit ihren guten Augen an.

Da war mir, als hörte ich die Stimme meiner Mutter sagen: „Halte diese Hand fest und kehr mit ihr zurück, so hast du deine Heimat wieder!“ – und ich hielt die Hand fest und sagte: „Kehr du mit mir zurück, Lisei, und laß uns zusammen versuchen, ein neues Leben in das leere Haus zu bringen, ein so gutes, wie es die geführt haben, die ja auch dir einst lieb gewesen sind!“

„Paul“, rief sie, „was meinst du? I versteh di nit.“

Aber ihre Hand zitterte heftig in der meinen, und ich bat nur: „Ach, Lisei, versteh mich doch!“

Sie schwieg einen Augenblick. „Paul“, sagte sie dann, „i kann nit von mei'm Vaterl gehen.“

„Der muß ja mit uns, Lisei! Im Hinterhause, die beiden Stübchen, die jetzt leer stehen, da kann er wohnen und wirtschaften; der alte Heinrich hat sein Kämmerchen dicht daneben.“ Lisei nickte. „Aber Paul, wir sind landfahrende Leut. Was werden sie sagen bei dir daheim?“

„Sie werden mächtig reden, Lisei!“

„Und du hast nit Furcht davor?“

Ich lachte nur dazu.

„Nun“, sagte Lisei, und wie ein Glockenlaut schlug es aus ihrer Stimme, „wenn du sie hast – i hab schon die Kuraschi!“

„Aber tust du's denn auch gern?“

„Ja, Paul, wenn i 's nit gern tät“ – und sie schüttelte ihr braunes Köpfchen gegen mich –, „gel, da tät i 's nimmermehr!“

„Und, mein Junge“, unterbrach sich hier der Erzähler, „wie einen bei solchen Worten ein Paar schwarze Mädchenaugen ansehen, das sollst du nun noch lernen, wenn du erst ein Stieg Jahre weiter bist!“

„Ja, ja“, dachte ich, „zumal so ein Paar Augen, die einen See ausbrennen können!“

„Und nicht wahr“, begann Paulsen wieder, „nun weißt du auch nachgerade, wer das Lisei ist.“

„Das ist die Frau Paulsen!“ erwiderte ich. „Als ob ich das nicht längst gemerkt hätte! Sie sagt ja noch immer „nit“ und hat auch noch die schwarzen Augen unter den feingepinselten Augenbrauen.“

Mein Freund lachte, während ich mir im stillen vornahm, die Frau Paulsen, wenn wir ins Haus zurückkämen, doch einmal recht darauf anzusehen, ob noch das Puppenspieler-Lisei in ihr zu erkennen sei. – „Aber“, fragte ich, „wo ist denn der alte Herr Tendler hingekommen?“

„Mein liebes Kind“, erwiderte mein Freund, „wohin wir schließlich alle kommen. Drüben auf dem grünen Kirchhof ruht er neben unserem alten Heinrich; aber es ist noch einer mehr in sein Grab mit hineingekommen; der andre kleine Freund aus meiner Kinderzeit. Ich will dir's wohl erzählen; nur laß uns ein wenig hintenaus gehen; meine Frau könnte nachgerade einmal nach uns sehen wollen, und sie soll die Geschichte doch nicht wieder hören.“

Paulsen stand auf, und wir gingen auf den Spazierweg hinaus, der auch hier hinter den Gärten der Stadt entlangführt. Nur wenige Leute kamen uns entgegen; denn es war schon um die Vesperzeit.

„Siehst du“ – begann Paulsen seine Erzählung wieder –, „der alte Tendler war derzeit mit unserem Verspruch gar wohl zufrieden; er gedachte meiner Eltern, die er einst gekannt hatte, und er faßte auch zu mir Vertrauen. Überdies war er des Wanderns müde; ja, seit es ihn in die Gefahr gebracht hatte, mit den verworrensten Vagabunden verwechselt zu werden, war in ihm die Sehnsucht nach einer festen Heimat immer mehr heraufgewachsen. Meine gute Meisterin zwar zeigte sich nicht so einverstanden; sie fürchtete, bei allem guten Willen möge doch das Kind des umherziehenden Puppenspielers nicht die rechte Frau für einen seßhaften Handwerksmann abgeben. – Nun, sie ist seit lange schon bekehrt worden!

– – Und so war ich denn nach kaum acht Tagen wieder hier, von den Bergen an die Nordseeküste, in unserer alten Vaterstadt. Ich nahm mit Heinrich die Geschäfte rüstig in die Hand und richtete zugleich die beiden leerstehenden Zimmer im Hinterhause für den Vater Joseph ein. – Vierzehn Tage weiter – es strichen eben die Düfte der ersten Frühlingsblumen über die Gärten –, da kam es die Straße heraufgebimmelt. „Meister, Meister!“ rief der alte Heinrich, „sie kommen, sie kommen!“ Und da hielt schon das Wägelchen mit den zwei hohen Kisten vor unserer Tür. Das Lisei war da, der Vater Joseph war da, beide mit muntern Augen und roten Wangen; und auch das ganze Puppenspiel zog mit ihnen ein; denn ausdrückliche Bedingung war es, daß dies den Vater Joseph auf sein Altenteil begleiten solle. Das kleine Fuhrwerk dagegen wurde in den nächsten Tagen schon verkauft.

Dann hielten wir die Hochzeit; ganz in der Stille; denn Blutsfreunde hatten wir weiter nicht am Ort; nur der Hafenmeister, mein alter Schulkamerad, war als Trauzeuge mit zugegen. Lisei war, wie ihre Eltern, katholisch; daß aber das ein Hindernis für unsere Ehe sein könne; ist uns niemals eingefallen. In den ersten Jahren reiste sie wohl zur österlichen Beichte nach unserer Nachbarstadt, wo, wie du weißt, eine katholische Gemeinde ist; nachher hat sie ihre Kümmernisse nur noch ihrem Mann gebeichtet.

Am Hochzeitsmorgen legte Vater Joseph zwei Beutel vor mir auf den Tisch, einen größeren mit alten Harzdritteln, einen kleinen voll Kremnitzer Dukaten.

„Du hast nit danach fragt, Paul!“ sagte er. „Aber so völlig arm is doch mein Lisei dir nit zubracht. Nimm's! i brauch's allfurt nit mehr.“ –

Das war der Sparpfennig, von dem mein Vater einst gesprochen, und er kam jetzt seinem Sohne beim Neubeginn seines Geschäfts zu ganz gelegener Zeit. Freilich hatte Liseis Vater damit sein ganzes Vermögen hingegeben und sich selbst der Fürsorge seiner Kinder anvertraut; aber er war dabei nicht müßig; er suchte seine Schnitzmesser wieder hervor und wußte sich bei den Arbeiten in der Werkstatt nützlich zu machen.

Die Puppen nebst dem Theater-Apparat waren in einem Verschlage auf dem Boden des Nebenhauses untergebracht. Nur an Sonntagnachmittagen holte er bald die eine, bald die andere in sein Stübchen herunter, revidierte die Drähte und Gelenke und putzte oder besserte dies und jenes an den selben. Der alte Heinrich stand dann mit seiner kurzen Pfeife neben ihm und ließ sich die Schicksale der Puppen erzählen, von denen fast jede ihre eigene Geschichte hatte; ja, wie es jetzt herauskam, der so wirkungsvoll geschnitzte Kasper hatte einst für seinen jungen Verfertiger sogar den Brautwerber um Liseis Mutter abgegeben. Mitunter wurden zur besseren Veranschaulichung der einen oder andern Szene auch wohl die Drähte in Bewegung gesetzt; Lisei und ich haben oftmals draußen an den Fenstern gestanden, die schon aus grünem Weinlaub gar traulich auf den Hof hinausschauten; aber die alten Kinder drinnen waren meist so in ihr Spiel vertieft, daß ihnen erst durch unser Beifallklatschen die Gegenwart der Zuschauer bemerklich wurde. – – Als das Jahr weiterrückte, fand Vater Joseph eine andere Beschäftigung; er nahm den Garten unter seine Obhut, er pflanzte und erntete, und am Sonntage wandelte er, sauber angetan, zwischen den Rabatten auf und ab, putzte an den Rosenbüschen oder band Nelken und Levkojen an feine selbstgeschnitzte Stäbchen.

So lebten wir einig und zufrieden; mein Geschäft hob sich mehr und mehr. Über meine Heirat hatte unsere gute Stadt sich ein paar Wochen lebhaft ausgesprochen; da aber fast alle über die Unvernunft meiner Handlungsweise einig waren und dem Gespräche so die gedeihliche Nahrung des Widerspruches vorenthalten blieb, so hatte es sich bald selber ausgehungert.

Als es dann abermals Winter wurde, holte Vater Joseph an den Sonntagen auch wieder die Puppen aus ihrem Verschlage herunter, und ich dachte nicht anders, als daß in solchem stillen Wechsel der Beschäftigung ihm auch künftig die Jahre hingehen würden. Da trat er eines Morgens mit gar ernsthaftem Gesichte zu mir in die Wohnstube, wo ich eben allein an meinem Frühstück saß. „Schwiegersohn“, sagte er, nachdem er sich wie verlegen ein paarmal mit der Hand durch seine weißen Haarspießchen gefahren war, „ich kann's doch nit wohl länger ansehn, daß ich alleweil so das Gnadenbrot an euerm Tische soll essen.“

Ich wußte nicht, wo das hinaus sollte, aber ich fragte ihn, wie er auf solche Gedanken komme; er schaffe ja mit in der Werkstatt, und wenn mein Geschäft jetzt einen größeren Gewinn abwerfe, so sei dies wesentlich der Zins seines eigenen Vermögens, das er an unserem Hochzeitsmorgen in meine Hand gelegt habe.

Er schüttelte den Kopf. Das reiche alles nicht; aber eben jenes kleine Vermögen habe er zum Teil einst in unserer Stadt gewonnen; das Theater sei ja noch vorhanden, und die Stücke habe er auch alle noch im Kopfe.

Da merkte ich's denn wohl, der alte Puppenspieler ließ ihm keine Ruhe; sein Freund, der gute Heinrich, genügte ihm nicht mehr als Publikum, er mußte einmal wieder öffentlich vor versammeltem Volke seine Stücke auffuhren.

Ich suchte es ihm auszureden; aber er kam immer wieder darauf zurück. Ich sprach mit Lisei, und am Ende konnten wir nicht umhin, ihm nachzugeben. Am liebsten hätte nun freilich der alte Mann gesehen, wenn Lisei wie vor unserer Verheiratung die Frauenrollen in seinen Stücken gesprochen hätte; aber wir waren übereingekommen, seine dahin zielenden Anspielungen nicht zu verstehen; für die Frau eines Bürgers und Handwerksmeisters wollte sich das denn doch nicht ziemen.

Zum Glück – oder, wie man will, zum Unglück – war derzeit ein ganz reputierliches Frauenzimmer in der Stadt, die einst bei einer Schauspielertruppe als Souffleuse gedient hatte und daher in derlei Dingen nicht unbewandert war. Diese – Kröpel-Lieschen nannten sie die Leute von wegen ihrer Kreuzlahmheit – ging sofort auf unser Anerbieten ein, und bald entwickelte sich am Feierabend und an den Sonntagnachmittagen die lebhafteste Tätigkeit in Vater Josephs Stübchen. Während vor dem einen Fenster der alte Heinrich an den Gerüststücken des Theaters zimmerte, stand vor dem andern zwischen frisch angemalten Kulissen, die von der Zimmerdecke herunterhingen, der alte Puppenspieler und exerzierte mit Kröpel-Lieschen eine Szene nach der andern. Sie sei ein dreimal gewürztes Frauenzimmer, versicherte er stets nach solcher Probe; nicht einmal die Lisei hab es so schnell kapiert; nur mit dem Singen ginge es nit gar so schön; sie grunze mit ihrer Stimme immer in der Tiefe, was für die schöne Susanne, die das Lied zu singen habe, nicht eben harmonierlich sei.

Endlich war der Tag der Aufführung festgesetzt. Es sollte alles möglichst reputierlich vor sich gehen; nicht auf dem Schützenhofe, sondern auf dem Rathaussaale, wo auch die Primaner um Michaelis ihre Redeübungen hielten, sollte jetzt der Schauplatz sein; und als am Sonnabendnachmittage unsere guten Bürger ihr frisches Wochenblättchen auseinanderfalteten, sprang ihnen in breiten Lettern die Anzeige in die Augen:

„Morgen Sonntagabend sieben Uhr auf dem Rathaussaale Marionetten-Theater des Mechanicus Joseph Tendler hieselbst. Die schöne Susanna, Schauspiel mit Gesang in vier Aufzügen."

Es war aber damals in unserer Stadt nicht mehr die harmlose schaulustige Jugend aus meinen Kinderjahren; die Zeiten des Kosakenwinters lagen dazwischen, und namentlich war unter den Handwerkslehrlingen eine arge Zügellosigkeit eingerissen; die früheren Liebhaber unter den Honoratioren aber hatten ihre Gedanken jetzt auf andere Dinge. Dennoch wäre vielleicht alles gutgegangen, wenn nur der schwarze Schmidt und seine Jungen nicht gewesen wären." – –

Ich fragte Paulsen, wer das sei, denn ich hatte niemals von einem solchen Menschen in unserer Stadt gehört.

„Das glaub ich wohl", erwiderte er, „der schwarze Schmidt ist schon vor Jahren im Armenhaus verstorben; damals aber war er Meister gleich mir; nicht ungeschickt, aber lüderlich in seiner Arbeit wie im Leben; der sparsame Verdienst des Tages wurde abends in Trunk und Kartenspiel vertan. Schon gegen meinen Vater hatte er einen Haß gehabt, nicht allein, weil dessen Kundschaft die seinige bei weitem überstieg, sondern schon aus der Jugend her, wo er dessen Nebenlehrling gewesen und wegen eines schlechten Streiches gegen ihn vom Meister fortgejagt worden war. Seit dem Sommer hatte er Gelegenheit gefunden, diese Abneigung in erhöhtem Maße auch auf mich auszudehnen; denn bei der damals hier neu errichteten Kattunfabrik war, trotz seiner eifrigen Bemühung um dieselbe, die Arbeit an den Maschinen allein mir übertragen worden, infolgedessen er und seine beiden Söhne, die bei dem Vater in Arbeit standen und diesen an wüstem Treiben womöglich überboten, schon nicht verfehlt hatten, mir ihren Verdruß durch allerlei Neckereien kundzugeben. Ich hatte indessen jetzt keine Gedanken an diese Menschen.

So war der Abend der Aufführung herangekommen. Ich hatte noch an meinen Büchern zu ordnen und habe, was geschah, erst später durch meine Frau und Heinrich erfahren, welche zugleich mit unserem Vater nach dem Rathaussaale gingen.

Der Erste Platz dort war fast gar nicht, der Zweite nur mäßig besetzt gewesen; auf der Galerie aber hatte es Kopf an Kopf gestanden. – Als man vor diesem Publikum das Spiel begonnen, war anfänglich alles in der Ordnung vorgegangen; die alte Lieschen hatte ihren Part fest und ohne Anstoß hingeredet. – Dann aber kam das unglückselige Lied! Sie bemühte sich vergebens, ihrer Stimme einen zarten Klang zu geben; wie Vater Joseph vorhin gesagt hatte, sie grunzte wirklich in der Tiefe. Plötzlich rief eine Stimme von der Galerie: „Höger up, Kröpel-Lieschen! Höger up!“ Und als sie, diesem Rufe gehorsam, die unerreichbaren Diskanttöne zu erklettern strebte, da scholl ein rasendes Gelächter durch den Saal.

Das Spiel auf der Bühne stockte, und zwischen den Kulissen heraus rief die bebende Stimme des alten Puppenspielers: „Meine Herrschaft'n, i bitt g'wogentlich um Ruhe!“ Kasperl, den er eben an seinen Drähten in der Hand hielt und der mit der schönen Susanna eine Szene hatte, schlenkerte krampfhaft mit seiner kunstvollen Nase.

Neues Gelächter war die Antwort. „Kasperl soll singen!“- „Russisch! Schöne Minka, ich muß scheiden!“ – „Hurra für Kasperl!“ – „Nichts doch; Kasperl sein' Tochter soll singen!“ – „Jawohl, wischt euch 's Maul! Die ist Frau Meisterin geworden, die tut's halt nimmermehr!“

So ging's noch eine Weile durcheinander. Auf einmal flog, in wohlgezieltem Wurfe, ein großer Pflasterstein auf die Bühne. Er hatte die Drähte des Kasperls getroffen; die Figur entglitt der Hand ihres Meisters und fiel zu Boden.

Vater Joseph ließ sich nicht mehr halten. Trotz Liseis Bitten hat er gleich darauf die Puppenbühne betreten. – Donnerndes Händeklatschen, Gelächter, Fußtrampeln empfing ihn, und es mag sich freilich seltsam genug präsentiert haben, wie der alte Mann, mit dem Kopf oben in den Soffitten, unter lebhaftem Händearbeiten seinem gerechten Zorne Luft zu machen suchte. – Plötzlich, unter allem Tumult, fiel der Vorhang, der alte Heinrich hatte ihn herabgelassen.

– – Mich hatte indes zu Hause bei meinen Büchern eine gewisse Unruhe befallen; ich will nicht sagen, daß mir Unheil ahnte, aber es trieb mich dennoch fort, den Meinigen nach. –

Als ich die Treppe zum Rathaussaal hinaufsteigen wollte, drängte eben die ganze Menge von oben mir entgegen. Alles schrie und lachte durcheinander. „Hurra! Kasper is dod! Lott is dod. Die Kamedie ist zu End!“ – Als ich aufsah, erblickte ich die schwarzen Gesichter der Schmidt-Jungen über mir. Sie waren augenblicklich still und rannten an mir vorbei zur Tür hinaus; ich aber hatte für mich jetzt die Gewißheit, wo die Quelle dieses Unfugs zu suchen war.

Oben angekommen, fand ich den Saal fast leer. Hinter der Bühne saß mein alter Schwiegervater wie gebrochen auf einem Stuhl und hielt mit beiden Händen sein Gesicht bedeckt. Lisei, die auf den Knien vor ihm lag, richtete sich, da sie mich gewahrte langsam auf. „Nun, Paul“, fragte sie, mich traurig ansehend, „hast du noch die Kuraschi?“

Aber sie mußte wohl in meinen Augen gelesen haben, daß ich sie noch hatte; denn bevor ich noch antworten konnte, lag sie schon an meinem Halse. „Laß uns nur fest zusammenhalten, Paul!“ sagte sie leise.

– – Und siehst du! Damit und mit ehrlicher Arbeit sind wir durchgekommen.

– – Als wir am andern Morgen aufgestanden waren, da fanden wir jenes Schimpfwort „Pole Poppenspäler“ – denn ein Schimpfwort sollte es ja sein – mit Kreide auf unsere Haustür geschrieben. Ich aber habe es ruhig ausgewischt, und als es dann später noch ein paarmal an öffentlichen Orten wieder lebendig wurde, da habe ich einen Trumpf daraufgesetzt; und weil man wußte, daß ich nicht spaße, so ist es danach still geworden. – – Wer dir es jetzt gesagt hat, der wird nichts Böses damit gemeint haben; ich will seinen Namen auch nicht wissen.

Unser Vater Joseph aber war seit jenem Abend nicht mehr der alte. Vergebens zeigte ich ihm die unlautere Quelle jenes Unfugs und daß derselbe ja mehr gegen mich als gegen ihn gerichtet gewesen sei. Ohne unser Wissen hatte er bald darauf alle seine Marionetten auf eine öffentliche Auktion gegeben, wo sie zum Jubel der anwesenden Jungen und Trödelweiber um wenige Schillinge versteigert waren; er wollte sie niemals wiedersehen. –

Aber das Mittel dazu war schlecht gewählt; denn als die Frühlingssonne erst wieder in die Gassen schien, kam von den verkauften Puppen eine nach der andern aus den dunkeln Häusern an das Tageslicht. Hier saß ein Mädchen mit der heiligen Genoveva auf der Haustürschwelle, dort ließ ein Junge den Doktor Faust auf seinem schwarzen Kater reiten; in einem Garten in der Nähe des Schützenhofes hing eines Tages der Pfalzgraf Siegfried neben dem höllischen Sperling als Vogelscheuche in einem Kirschbaum. Unserem Vater tat die Entweihung seiner Lieblinge so weh, daß er zuletzt kaum noch Haus und Garten bei uns verlassen mochte. Ich sah es deutlich, daß dieser übereilte Verkauf an seinem Herzen nagte, und es gelang mir, die eine und die andere Puppe zurückzukaufen; aber als ich sie ihm brachte, hatte er keine Freude daran; das Ganze war ja überdies zerstört. Und, seltsam, trotz aller aufgewendeten Mühe konnte ich nicht erfahren, in welchem Winkel sich die wertvollste Figur von allen, der kunstreiche Kasperl, verborgen halte. Und was war ohne ihn die ganze Puppenwelt!

Aber vor einem andern, ernsteren Spiel sollte bald der Vorhang fallen. Ein altes Brustleiden war bei unserem Vater wieder aufgewacht, sein Leben neigte sich augenscheinlich zu Ende. Geduldig und voll Dankbarkeit für jeden kleinen

Liebesdienst lag er auf seinem Bette. „Ja, ja“, sagte er lächelnd und hob so heiter seine Augen gegen die Bretterdecke des Zimmers, als sähe er durch dieselbe schon in die ewigen Fernen des Jenseits, „es is scho richtig g'wesn: mit den Menschen hab' ich nit immer könne firti werd'n; da drobn mit den Engeln wird's halt besser gehn; und – auf alle Fäll, Lisei, i find ja doch die Mutter dort.“

– – Der gute kindliche Mann starb; Lisei und ich, wir haben ihn bitterlich vermißt; auch der alte Heinrich, der ihm nach wenigen Jahren folgte, ging an seinen noch übrigen Sonntagnachmittagen umher, als wisse er mit sich selber nicht wohin, als wolle er zu einem, den er doch nicht finden könne.

Den Sarg unseres Vaters bedeckten wir mit allen Blumen des von ihm selbst gepflegten Gartens; schwer von Kränzen wurde er auf den Kirchhof hinausgetragen, wo unweit von der Umfassungsmauer das Grab bereitet war. Als man den Sarg hinabgelassen hatte, trat unser alter Propst an den Rand der Gruft und sprach ein Wort des Trostes und der Verheißung; er war meinen seligen Eltern stets ein treuer Freund und Rater gewesen; ich war von ihm konfirmiert, Lisei und ich von ihm getraut worden. Ringsum auf dem Kirchhofe war es schwarz von Menschen; man schien von dem Begräbnisse des alten Puppenspielers noch ein ganz besonderes Schauspiel zu erwarten. – Und etwas Besonderes geschah auch wirklich; aber es wurde nur von uns bemerkt, die wir der Gruft zunächst standen. Lisei, die an meinem Arme mit hinausgegangen war, hatte eben krampfhaft meine Hand gefaßt, als jetzt der alte Geistliche dem Brauche gemäß den bereitgestellten Spaten ergriff und die erste Erde auf den Sarg hinabwarf. Dumpf klang es aus der Gruft zurück. „Von der Erden bist du genommen!" erscholl jetzt das Wort des Priesters; aber kaum war es gesprochen, als ich von der Umfassungsmauer her über die Köpfe der Menschen etwas auf uns zufliegen sah. Ich meinte erst, es sei ein großer Vogel; aber es senkte sich und fiel grade in die Gruft hinein. Bei einem flüchtigen Umblick – denn ich stand etwas erhöht auf der aufgeworfenen Erde – hatte ich einen der Schmidt-Jungen sich hinter die Kirchhofmauer ducken und dann davonlaufen sehen, und ich wußte plötzlich, was geschehen war. Lisei hatte einen Schrei an meiner Seite ausgestoßen, unser alter Propst hielt wie unschlüssig den Spaten zum zweiten Wurfe in den Händen. Ein Blick in das

Grab bestätigte meine Ahnung: oben auf dem Sarge, zwischen den Blumen und der Erde, die zum Teil sie schon bedeckte, da hatte er sich hingesetzt, der alte Freund aus meiner Kinderzeit, Kasperl, der kleine lustige Allerweltskerl. – Aber er sah jetzt gar nicht lustig aus; seinen großen Nasenschnabel hatte er traurig auf die Brust gesenkt; der eine Arm mit dem kunstreichen Daumen war gegen den Himmel ausgestreckt; als solle er verkünden, daß, nachdem alle Puppenspiele ausgespielt, da droben nun ein anderes Stück beginnen werde.

Ich sah das alles nur auf einen Augenblick, denn schon warf der Probst die zweite Scholle in die Gruft: „Und zur Erde wieder sollst du werden!“ – Und wie es von dem Sarg hinabrollte, so fiel auch Kasperl aus seinen Blumen in die Tiefe und wurde von der Erde überdeckt.

Dann mit dem letzten Schaufelwurf erklang die tröstliche Verheißung: „Und von der Erden sollst du auferstehen!“

Als das Vaterunser gesprochen war und die Menschen sich verlaufen hatten, trat der alte Propst zu uns, die wir noch immer in die Grube starrten. „Es hat eine Ruchlosigkeit sein sollen“, sagte er, indem er liebreich unsere Hände faßte. „Laßt uns es anders nehmen! In seiner Jugendzeit, wie ihr es mir erzähltet, hat der selige Mann die kleine Kunstfigur geschnitzt, und sie hat einst sein Eheglück begründet; später, sein ganzes Leben lang, hat er durch sie, am Feierabend nach der Arbeit, gar manches Menschenherz erheitert, auch manches Gott und den Menschen wohlgefällige Wort der Wahrheit dem kleinen Narren in den Mund gelegt; – ich habe selbst der Sache einmal zugeschaut, da ihr noch beide Kinder waret. – Laßt nur das kleine Werk seinem Meister folgen; das stimmt gar wohl zu den Worten unserer Heiligen Schrift! Und seid getrost; denn die Guten werden ruhen von ihrer Arbeit.“

– Und so geschah es. Still und friedlich gingen wir nach Hause; den kunstreichen Kasperl aber, wie unsern guten Vater Joseph, haben wir niemals wiedergesehen.

– – Alles das“, setzte nach einer Weile mein Freund hinzu, „hat uns manches Weh bereitet; aber gestorben sind wir beiden jungen Leute nicht daran. Nicht lange nachher wurde unser Joseph uns geboren, und wir hatten nun alles, was zu einem vollen Menschenglück gehört. An jene Vorgänge aber werde ich noch jetzt Jahr um Jahr durch den ältesten Sohn des schwarzen Schmidt erinnert. Er ist einer jener ewig wandernden Handwerksgesellen geworden, die, verlumpt und verkommen, ihr elendes Leben von den Geschenken fristen, die nach Zunftgebrauch auf ihre Ansprache die Handwerksmeister ihnen zu verabreichen haben. Auch an meinem Hause geht er nie vorbei.“

Mein Freund schwieg und blickte vor sich in das Abendrot, das dort hinter den Bäumen des Kirchhofs stand; ich aber hatte schon eine Zeitlang über der Gartenpforte, der wir uns jetzt wieder näherten, das freundliche Gesicht der Frau Paulsen nach uns ausblicken sehen. „Hab ich's nit denkt!“ rief sie, als wir nun zu ihr traten. „Was habt ihr wieder für ein Langes abzuhandeln? Aber nun kommt ins Haus! Die Gottsgab steht auf dem Tisch; der Hafenmeister is auch schon da; und ein Brief vom Joseph und der alt Meisterin! Aber was schaust mi denn so an, Bub?“

Der Meister lächelte. „Ich hab ihm was verraten, Mutter. Er will nun sehen, ob du auch richtig noch das kleine Puppenspieler-Lisei bist!“

„Ja, freili!“ erwiderte sie, und ein Blick voll Liebe flog zu ihrem Mann hinüber. „Schau nur richti zu, Bub! Und wenn du es nit kannst find'n – der da, der weiß es gar genau!“

Und der Meister legte schweigend seinen Arm um sie. Dann gingen wir ins Haus zur Feier ihres Hochzeitstages.

Es waren prächtige Leute, der Paulsen und sein Puppenspieler-Lisei.